La amante
secreta

Alison Fraser

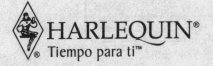
HARLEQUIN®
® Tiempo para ti™

NOVELAS CON CORAZÓN

Editado por HARLEQUIN IBÉRICA, S.A.
Hermosilla, 21
28001 Madrid

LA AMANTE SECRETA, Nº 1262 - 10.10.01
Título original: The Boss's Secret Mistress
Publicada originalmente por Mills & Boon, Ltd., Londres.

I.S.B.N.: 84-396-9177-7
Depósito legal: B-37515-2001
Editor responsable: M. T. Villar
Diseño cubierta: María J. Velasco Juez
Fotomecánica: PREIMPRESIÓN 2000
C/. Matilde Hernández, 34. 28019 Madrid
Impresión y encuadernación: LITOGRAFÍA ROSÉS, S.A.
C/. Energía, 11. 08850 Gavá (Barcelona)
Fecha impresión Argentina:10.2.02
Distribuidor exclusivo para España: LOGISTA
Distribuidor para México: INTERMEX, S.A.
Distribuidores para Argentina: interior, BERTRAN, S.A.C. Vélez
Sársfield, 1950. Cap. Fed./ Buenos Aires y Gran Buenos Aires,
VACCARO SÁNCHEZ y Cía, S.A.
Distribuidor para Chile: DISTRIBUIDORA ALFA, S.A.

Capítulo 1

LUCAS Ryecart? –Tory repitió el nombre, pero no le resultaba familiar.

–Tienes que haber oído hablar de él –insistió Simon Dixon–. Un empresario norteamericano que compró Producciones Howard y la cadena de televisión Chelton el año pasado.

–No me suena –le dijo Tory a su compañero, ayudante de producción–. Pero ya sabes que no estoy interesada en los tejemanejes de esos magnates. Si Eastwich necesita una inyección de dinero, no me importa de quién venga.

–Si eso significa que uno de los dos acabará en el paro, debería importarte –le advirtió Simon dramáticamente.

–Solo es un rumor.

–No estés tan segura. ¿Sabes cómo lo llaman en Producciones Howard? –era una pregunta retórica y ella hizo un gesto de impaciencia–. «El cortador de cabezas».

Tory soltó una carcajada al oír aquello. Después de un año en la sección de documentales de la cadena Eastwich, conocía muy bien a Simon. Si la situación no tenía drama, él lo encontraría como fuera. Le gustaba tanto mezclar cosas que los compañeros lo llamaban «El chef».

–Simon, ¿recuerdas cómo te llaman en la cadena?

–Claro que sí –sonrió su amigo–. ¿Y sabes cómo te llaman a ti?

Tory se encogió de hombros. No lo sabía, pero imaginaba que tendría un mote, como todo el mundo.

—«La doncella de hielo». ¿No será porque eres fría como un témpano?

—Qué graciosos —suspiró ella, resignada.

—De todas formas, no creo que a ti vayan a echarte —dijo Simon—. ¿Qué hombre puede resistir la melena de Shirley Temple, los ojos de Bambi y un parecido increíble con la protagonista de Pretty Woman?

La descripción hizo que Tory tuviera que contener una carcajada.

—Uno al que le gusten las super modelos de metro ochenta, por ejemplo. O uno al que no le gusten las mujeres.

—Ojalá —suspiró Simon—. Pero a este le gustan las mujeres. De hecho, lo describen como «el regalo de los dioses para el género femenino».

—¿En serio? Creí que ese título le correspondía a un famoso actor de cine.

—Seguro que los dioses pueden hacerle más de un regalo al género femenino. Aunque solo sea para compensar los que no te han dado a ti.

—Idiota —sonrió Tory.

No le afectaban los comentarios sarcásticos de Simon sobre ella ni sobre el resto de las mujeres porque solía hacerlos a menudo.

—Estoy casi seguro de que no tienes nada que temer, así que eso solo me deja a mí y a nuestro querido jefe, Alex. ¿Por quién apostarías, querida?

—No tengo ni idea —Tory empezaba a impacientarse con las especulaciones de Simon—. Pero si tan preocupado estás y, ante la remota posibilidad de que ese Ryecart decidiera venir por aquí, lo que deberías hacer es aplicarte al trabajo.

Lo había dicho con la esperanza de que la dejara trabajar en paz, pero Simon se quedó sentado sobre su escritorio, moviendo uno de sus elegantes zapatos.

—No tan remota. Dicen por ahí que llegará a las once para inspeccionar sus tropas.

–¿De verdad?

Tory empezaba a tomarse en serio las advertencias de su amigo. ¿Sería posible que ese Ryecart hubiera decidido hacer un recorte de personal?

–Yo creo que, si se despide a alguien, será a Alex. Hace meses que hay rumores de que no están contentos con él.

–Eso no es verdad –replicó Tory, irritada–. Solo ha tenido algunos problemillas.

–¡Problemillas! Su mujer se marchó a Escocia con los niños, el banco le ha quitado la casa y no para de meterse en la boca caramelos de menta... ¿Sabes lo que eso significa?

En ocasiones, Tory se reía con Simon. Pero aquella no era una de esas ocasiones. Ella sabía perfectamente que Alex, su jefe, tenía un problema con el alcohol, pero no le gustaba hundir a la gente que tenía problemas.

–No pensarás hacer algo para que echen a Alex, ¿verdad, Simon?

–¿*Moi*? ¿Tú crees que yo haría algo así?

–Sí –contestó Tory.

–No me digas esas cosas –suspiró Simon, poniéndose la mano sobre el corazón–. ¿Por qué iba a hacer nada para que echasen a Alex... cuando él mismo puede hacerlo mejor que nadie?

–Por favor, Simon.

Pero era cierto. Alex estaba cayendo tan bajo, que empezaba a ser preocupante.

–Bueno, de todas formas voy a ponerme a afilar lápices hasta que venga nuestro amigo americano.

–¿Alex ha llegado ya?

–¿Antes de la una? –fue la irónica contestación de Simon. Tory descolgó el teléfono–. Yo que tú no me molestaría.

Pero ella sentía lealtad por Alex. Al fin y al cabo, había sido él quien le había conseguido su puesto de trabajo en Eastwich.

Llamó al apartamento de su amante y después a todos los sitios en los que pensaba que podría estar, con la vana esperanza de encontrarlo antes de que apareciera su nuevo jefe.

–Demasiado tarde, *ma petite* –anunció Simon cuando Colin Mathieson, el productor ejecutivo de la cadena, apareció por el pasillo. Un extraño que debía ser el americano iba a su lado.

No era lo que Tory había esperado. Ella esperaba el típico hombre de negocios de mediana edad, con traje de chaqueta y bronceado artificial. Por eso se quedó mirándolo. O por eso se dijo a sí misma más tarde que se había quedado mirándolo. Pero, por el momento, solo miraba, boquiabierta.

Alto. Muy alto. Casi un metro noventa. Vestía de modo informal, con pantalón caqui y camisa sin corbata. Tenía el pelo oscuro y un rostro anguloso. Ojos azules, de una tonalidad sorprendente, y unos labios muy sensuales. En resumen, el hombre más guapo que había visto en su vida.

Tory nunca había sentido una atracción tan inmediata por nadie. Y no estaba preparada para ello. Se sentía transfigurada, sobrecogida. Y se quedó mirándolo, con la boca abierta.

El recién llegado la miró y sonrió, como si entendiera. Sin duda, le pasaba todo el tiempo. Sin duda, siendo el regalo de los dioses para el género femenino, estaba acostumbrado.

Colin Mathieson los presentó.

–Tory Lloyd y Simon Dixon, del departamento de documentales. Lucas Ryecart, nuevo presidente del consejo de administración de Eastwich.

Tory consiguió salir del trance lo suficiente como para estrechar la mano del hombre. Era tan alto que la hacía sentir insignificante. Y no se le ocurría nada que decir.

–Tory lleva un año trabajando para nosotros y es una

gran promesa –siguió Colin–. Ella llevó la producción del documental sobre madres solteras que estábamos comentando.

Lucas Ryecart asintió, soltando la mano de Tory.

–Señorita Lloyd... ¿o es señora?

–Señorita –contestó Colin, al ver que ella no lo hacía.

El americano sonrió.

–Me gustó mucho, aunque quizá fuera un poco controvertido.

Tory tardó un segundo en percatarse de que estaba hablando sobre el documental, otro en darse cuenta de que el comentario era una crítica y otro más en reaccionar.

–Es que era un tema controvertido.

Lucas Ryecart pareció un poco sorprendido por la réplica.

–Eso es cierto. Y la visión que se dio era original, nada que ver con el dogma socialista. Directo, sin compasión ni cursilería.

–No había por qué –dijo Tory, a la defensiva.

–Claro que no. Simplemente se dejó que las madres hablasen y se condenaran a sí mismas.

–Todas ellas vieron el documental antes de que se emitiera. Y ninguna se quejó –replicó ella, irritada.

–Supongo que estarían muy contentas con sus cinco minutos de fama –sonrió su nuevo jefe.

El tono era más mordaz que acusador, incluso burlón. Pero Tory no sonrió. Se debatía entre la irritación y el sentimiento de culpa porque, en realidad, estaba de acuerdo con él.

Las madres solteras, en su afán por salir en televisión, se lo habían puesto muy fácil; ante las cámaras, parecían ignorantes y poco preocupadas por el futuro de sus hijos. Tras las cámaras, solo eran unas pobres chicas solitarias y vulnerables.

Tory sabía que las entrevistas no eran particularmente representativas y le había pedido a Alex que intentara rebajar el tono en la sala de montaje, pero él no había querido escucharla. Su mujer acababa de abandonarlo, llevándose con ella a sus dos hijos y el tema de las madres solteras no era precisamente algo por lo que sintiera simpatía.

—Bueno, da igual... Tory —sonrió entonces Ryecart, para poner paz.

Ella sonrió a medias. Habría preferido que la llamara «señorita Lloyd». ¿Pensaría que debía llamarla por el nombre de pila antes de darle su carta de despido?

—Ciertos temas son polémicos y este era uno de ellos.

—En los documentales siempre es difícil trazar la línea. Si se entrevista a un asesino, siempre hay alguien que dice que se está glorificando el crimen. Si se entrevista a la familia de la víctima, dirán que se hace televisión basura.

—Yo me negaría a hacer ambas cosas —afirmó Tory.

—¿Ah, sí? —sonrió él, mirándola como si acabara de decidir que empezaba a ser un problema.

Fue Simon quien apareció al rescate, aunque sin darse cuenta.

—Yo haría cualquier cosa por una buena historia.

Simon tenía la impresión de que estaba siendo ignorado y parecía decidido a llamar la atención.

—Perdone, no recuerdo su nombre —dijo el americano.

—Simon Dixon, señor Ryecart. ¿O prefiere que lo llame «Lucas»? Siendo americano, supongo que encontrará la formalidad inglesa un poco anticuada.

Tory tuvo que reconocer que su compañero tenía valor.

El nuevo presidente del consejo de administración, sin embargo, no parecía muy contento.

—Señor Ryecart, por ahora.

Simon se puso pálido, pero intentó disimular.

—Muy bien. Al fin y al cabo, usted es el jefe.

—Eso es —sonrió Ryecart, ofreciendo su mano. Simon, el falso, la aceptó con una sonrisa.

–¿Sabéis dónde puedo encontrar a Alex? –preguntó Colin entonces–. No está en su despacho.

–Nunca está –dijo Simon en voz baja.

–Creo que está localizando para un nuevo programa –lo defendió Tory, mirando a su compañero de reojo.

–¿Qué programa? ¿El del cierre del hospital? Creí que lo habíamos dejado.

–No, ese no. Es un nuevo documental, creo...

Cuando sintió la mirada del americano clavada en ella, Tory se puso nerviosa.

–Sobre el alcoholismo y sus efectos en el trabajo –dijo Simon entonces.

Tory debería estarle agradecida. Pero no lo estaba. El comentario era una clara y descarada referencia al problema de Alex. Colin no pareció darse cuenta, pero no sabía si Ryecart se había enterado.

–Bueno, dile a Alex que me llame en cuanto llegue –dijo Colin entonces, volviéndose hacia la puerta.

El americano se quedó un momento mirándola.

–¿No nos conocemos?

Tory frunció el ceño. ¿Dónde podían haberse visto? Ellos no se movían en el mismo círculo social.

–No, creo que no.

Ryecart no parecía convencido del todo, pero se encogió de hombros.

–Da igual. Si nos conociéramos, me acordaría –dijo, regalándole una sonrisa deslumbrante antes de salir del despacho.

El adjetivo «guapo» se quedaba corto para definirlo y el corazón de Tory dio un vuelco dentro de su pecho.

Respirando profundamente, se dejó caer sobre el respaldo de la silla. Los hombres así deberían estar prohibidos por ley.

–«Si nos conociéramos, me acordaría» –dijo Simon, imitando el acento del americano–. ¿De dónde saca esas frases? ¿De las películas de serie B? Pero eso son buenas noticias para ti, cariño.

–¿Qué?

–Venga, Tory... el jefazo y tú. ¿Se ha enamorado de ti o qué?

–No seas ridículo –replicó ella.

–¿Ridículo? Menudas miradas... y no solo por parte de él. Me temo que la «Doncella de hielo» empieza a derretirse.

–Qué bobada.

Considerando que se había quedado mirando a Lucas Ryecart con la boca abierta, no podía negar que la había dejado impresionada.

Pero solo había sido una primera impresión. En cuanto empezó a criticar su trabajo, el encanto desapareció.

–Que conste que no te culpo. Tiene unas cualidades irresistibles: es guapo, inmensamente rico...

–Cállate, Simon –lo interrumpió ella, exasperada–. Aunque estuviera interesada en su dinero, que no lo estoy, Ryecart no es mi tipo.

–Si tú lo dices –rio su compañero, incrédulo–. Pero si es así, mejor. Dicen que sigue enamorado de su mujer.

–¿Está casado?

–Lo estaba. Su mujer murió en un accidente de coche. Chocó contra un camión cuando estaba embarazada.

Aquello hizo que Tory se quedase sin respiración. No podía ser...

¿O sí?

Lucas podía ser Luc. Era americano, trabajaba en medios de comunicación...

–¿Lucas Ryecart ha sido alguna vez corresponsal en el extranjero?

Simon pareció sorprendido por la pregunta.

–Pues sí. Mis fuentes me han dicho que trabajó para Reuters en Oriente Medio durante unos años antes de casarse con su mujer, que era millonaria. No recuerdo el apellido, pero su familia tenía relación con la política.

Los Wainwright. Tory lo sabía, pero no podía creerlo. Lucas Ryecart había estado casado con Jessica Wainwright Lo sabía porque ella había estado a punto de casarse con otro miembro de la familia.

¿Cómo no lo había reconocido inmediatamente? Había visto fotografías suyas. Sobre todo una, sobre el piaro de la mansión familiar, en la que Jessica posaba de blanco con su marido. Por supuesto, la fotografía había sido tomada muchos años antes.

–¿Lo conoces? –preguntó Simon entonces.

Ella negó con la cabeza. Contárselo a Simon Dixon sería como contárselo al mundo entero.

–He leído algo sobre él en una revista.

Esperaba que con eso el asunto quedara zanjado.

–¿Dónde vas? –preguntó Simon, al ver que tomaba su bolso.

–A comer.

–Aún no son las dos –señaló él, convirtiéndose repentinamente en el empleado modelo.

–O me voy a comer o te mato –replicó Tory.

–En ese caso, *bon appetit*.

Tory quería respirar un poco de aire fresco y, sobre todo, estar sola. Por eso decidió no tomar el ascensor y, apresurada, bajó las escaleras de dos en dos.

Iba sin mirar y en el vestíbulo se chocó con alguien. Murmurando una disculpa, habría seguido adelante si ese alguien no hubiera sujetado su mano. Cuando levantó la mirada, se encontró con Lucas Ryecart.

Dos encuentros en menos de media hora era demasiado. El americano, sin embargo, no parecía pensar eso.

–Volvemos a encontrarnos, Tory –dijo, sonriendo.

–Sí –murmuró ella, reducida de nuevo a pronunciar monosílabos.

–¿Va todo bien?

–Sí, claro. Es que voy a... voy al dentista –mintió Tory innecesariamente. Podría haber dicho simplemente que iba a investigar para un próximo documental.

—Ah, bueno, entonces no soy yo.

—¿Cómo?

—Que no soy yo el culpable de que tengas esa cara de susto —sonrió Ryecart.

—Yo... no —de nuevo, Tory no sabía qué decir. Aquel hombre la dejaba atontada.

—¿Una extracción, un empaste?

—Voy sacarme una muela —contestó ella, pensando que eso explicaría su ridículo comportamiento—. Volveré más tarde —añadió, sintiéndose como una colegiala.

—No te molestes. Seguro que a Colin no le importa que te tomes el resto del día libre.

Acababa de decir eso cuando Colin Mathieson apareció a su lado, con un archivo en la mano.

—Siento haber tardado tanto.

—Colin, Tory tiene que ir al dentista. ¿Crees que podemos pasarnos sin ella esta tarde?

Colin pareció reconocer la pregunta por lo que era. A partir de aquel momento, quien mandaba allí era él.

—Claro que sí —contestó el hombre. Pero Tory vio que no le hacía ninguna gracia.

Había muchas cosas que hacer y Alex últimamente no era el mismo de siempre. Colin sabía que Simon y ella estaban encargándose de todo y que eran imprescindibles en el departamento.

—Estaré aquí mañana a primera hora —prometió Tory, incómoda.

—Tory es una persona adicta a su trabajo —sonrió Colin.

—Eso es mejor que otro tipo de adicción —dijo el americano, mirándola con intensidad.

Ella se puso colorada. ¿Sabría que estaba encubriendo a Alex?

—Tengo que irme —dijo entonces, casi corriendo hacia las impresionantes puertas de cristal de la cadena.

Como no tenía que ir al dentista, fue directamente a su apartamento, en el primer piso de una casa victoriana a las afueras de Norwich. Había decidido alquilar en lugar de comprar porque su trabajo podía obligarla a trasladarse en cualquier momento. Y quizá el momento había llegado, con Lucas Ryecart dirigiendo el destino de Eastwich.

Tory sacó un álbum de fotografías y encontró una tomada cinco años antes. Se sintió aliviada al ver cuánto había cambiado; entonces estaba mucho más delgada, llevaba el pelo más corto y su maquillaje era considerablemente más exagerado. Habían pasado cinco años y ya no era la niña que se creía enamorada de Charlie Wainwright.

Además, Charlie no la llamaba Tory, sino Victoria, de modo que era lógico que Lucas Ryecart no la hubiera reconocido. Seguramente, él solo habría visto alguna antigua fotografía suya y recordaría a una tal Vicki, compañera de Charlie en la universidad. Una buena chica, normal y corriente.

Podía imaginar a la elegante madre de Charlie diciendo exactamente esas palabras para describirla. Después, seguramente, Vicki habría pasado de ser «una buena chica» a ser una chica no tan buena, y de «normal y corriente»a vulgar. ¿Qué iba a decir cuando esa chica le había roto el corazón a su hijo?

Eso era lo que Charlie le contó a todo el mundo. Aunque había sido él quien decidió romper el compromiso.

Tory sacó una fotografía de Charlie. No sabía por qué la guardaba. Si alguna vez estuvo enamorada de él, lo había olvidado. No quedaba nada de ese amor. Ni siquiera un recuerdo.

La vida había seguido adelante. Charlie tenía la familia que deseaba y ella, su trabajo. De vez en cuando mantenía relaciones con algún hombre, pero siempre relaciones cortas, en las que era ella quien controlaba.

Bueno, casi siempre. ¿Dónde había estado ese control cuando conoció a Lucas Ryecart por la mañana?

Capítulo 2

POR la mañana, Tory decidió que Lucas Ryecart no era ninguna amenaza para ella.

Que le hubiera preguntado si se conocían era solo porque le sonaba su cara. Además, aunque hubiera visto una fotografía suya, ¿cómo podría conectar a una estudiante llamada Vicki con la Tory Lloyd que trabajaba para él? Ella no había podido hacer la conexión entre Luc y Lucas hasta que Simon le había hablado del accidente de su mujer. Y nadie en Eastwich conocía su pasado.

Convencida de ello, Tory fue a trabajar en camiseta y vaqueros. Era sábado y, por lo tanto, no tenía que ver a nadie. Apenas había llamadas, así que terminó enseguida de comprobar su correspondencia y llevó el resto al despacho de su jefe.

No había esperado encontrar a Alex Simpson en su despacho un sábado y se alegró al verlo.

Pero eso fue antes de comprobar su aspecto. Tenía barba de varios días, los ojos vidriosos y la ropa arrugada. Sobre el sofá había una manta, de modo que debía haber dormido allí.

A los treinta años, Alex Simpson había sido un dinámico jefe de programación con mucho talento. Consiguió varios premios durante los primeros años en la cadena, pero a punto de cumplir los cuarenta, parecía perdido.

–No te asustes, no pasa nada –dijo él, al ver su cara de sorpresa–. Es que ha vuelto el marido de Sue y no he tenido tiempo de encontrar otro sitio.

Tory contuvo un suspiro, pero no pudo disimular un gesto de desaprobación. Oficialmente, Alex vivía con Sue Baxter, una secretaria de la cadena, hasta que encontrase un apartamento. Extraoficialmente, se acostaba con ella cuando su marido, ingeniero naval, estaba de viaje. Todo el mundo lo sabía porque Sue era muy indiscreta. Indiscreta y frívola. Tory no entendía qué era lo que Alex veía en aquella mujer, pero se guardaba su opinión para sí misma. Alex Simpson parecía decidido a destruirse y nadie sabía qué hacer para evitarlo.

–Ya veo.

–No dirás nada, ¿verdad? –preguntó él, con expresión infantil.

Tory negó con la cabeza, su lealtad asegurada. No se sentía atraída por Alex, como la mayoría de las chicas de la cadena, pero tenía un lado vulnerable que la hacía sentirse protectora.

–Con ese aspecto, será mejor que no te vea nadie –le dijo con franqueza.

–Supongo que tienes razón. He oído que el nuevo jefazo apareció ayer por aquí.

Tory asintió.

–Le dije que estabas localizando para un programa nuevo.

–Y así es –mintió él–. Una pena que no estuviera aquí para conocerlo.

–Ya tendrás tiempo –murmuró Tory, escéptica.

Pero no dijo lo que pensaba: que si Lucas Ryecart lo hubiera visto de aquella guisa, posiblemente aquel día ya no formaría parte de la nómina de Eastwich.

–¿Te importaría si voy a tu apartamento a afeitarme? –le preguntó Alex entonces–. La verdad es que me vendría bien echarme un par de horitas.

Ella lo miró, sorprendida. Debería haberle dicho que no taxativamente, pero sintió compasión.

–No sé. Ya sabes cómo es la gente y si te vieran entrar en mi casa...

–No me verán. Seré muy discreto.

–Sí, pero... –Tory no tuvo tiempo de seguir porque la sonrisa de gratitud de Alex le partiría el corazón a cualquiera.

–Qué buena eres –dijo el hombre, saltando del sofá–. Una ducha y estaré como nuevo.

–Muy bien. Tengo otra llave en el despacho –suspiró ella. Alex guardó la manta en el armario y la siguió por el pasillo–. Puedes usar mi teléfono para buscar un hotel.

–Me temo que no puedo pagar un hotel por ahora. Mis tarjetas de crédito están canceladas y el banco se niega a concederme un préstamo.

–¿Qué vas a hacer? No puedes seguir durmiendo en la oficina.

–No, tienes razón. Supongo que no querrías... no, déjalo. Ya encontraré algún sitio.

Tory sabía que le estaba pidiendo quedarse en su casa. Y también sabía que él esperaba una respuesta.

Intentaba endurecerse, diciéndose a sí misma que Alex ganaba mucho más que ella por hacer mucho menos. No era problema suyo que no tuviera dinero.

–Mira, lo siento, pero yo...

–No te preocupes. Pronto se arreglará todo. El mes que viene llega la paga de beneficios... a menos que el americano haya decidido suprimirla, claro.

O suprimirlo a él, pensó Tory mirando a Alex como lo miraría Lucas Ryecart: Alex Simpson, un jefe de programación agotado, con problemas de alcohol y al que podría despedir con un gesto.

–Puedes dormir en mi sofá –dijo sin pensar–. Hasta que cobres.

–Tory, cariño, eres un cielo –sonrió Alex, intentando abrazarla. Pero ella se lo impidió.

–Nada de abrazos.

–Ah, claro. Ya sé que no estás interesada.

Tory se lo había dejado claro desde el principio y, aunque mujeriego empedernido, él no insistió. En realidad, era un hombre bastante perezoso, acostumbrado a que fueran las mujeres quienes lo persiguieran a él.

–Cinco días –dijo Tory entonces, calculando la fecha en la que la nómina llegaría al banco.

–Muy bien –asintió él, dirigiéndose hacia la puerta con la llave de su casa en la mano.

–Intenta mantenerte sobrio, Alex.

Por un momento, él pareció dispuesto a protestar, pero la expresión de Tory se lo impidió. No era crítica, ni de superioridad, sencillamente era una expresión preocupada.

–Si no estoy sobrio, me iré a otra parte. ¿De acuerdo?

–De acuerdo.

Esperaba que la promesa fuera sincera. Alex no era un alcohólico violento, pero no lo quería en su casa si estaba bebido.

Cuando el hombre desapareció, Tory se preguntó si habría cometido un terrible error. Era un error, desde luego, pero esperaba que no fuera demasiado grave.

En lugar de seguir pensando en ello, se dedicó a trabajar, pero unos minutos más tarde la interrumpieron. La puerta de su despacho se abrió y, cuando levantó la mirada, creyendo que era Alex, se quedó sorprendida al ver a Lucas Ryecart.

Por la mañana, había decidido que la atracción que sentía era solo pasajera, pero enseguida se dio cuenta de que no era así. Con vaqueros, camisa blanca y gafas de sol, estaba mucho más guapo que el día anterior.

–¿Qué tal la muela?

–¿La muela? –repitió ella tontamente.

–¿No te duele?

¡La muela! Iba a tener que desarrollar la memoria si pensaba seguir mintiéndole a aquel hombre.

–No, no me duele. La verdad es que se me había olvidado.

–Me alegro –sonrió él, mirándola de arriba abajo–. ¿Sueles venir a trabajar los sábados?

Tory debería haber contestado que sí, pero no quería hacerlo. Sobre todo, no quería que Lucas Ryecart pensara que no tenía nada mejor que hacer.

—A veces —contestó, mirando la pantalla del ordenador, como si estuviera deseando volver al trabajo.

—¿Simpson se ha ido?

—¿Simpson?

—Alex Simpson. Quiero creer que era Simpson el que ha pasado a mi lado hace un momento, y no un vagabundo que duerme en la oficina.

—Alex ha estado aquí, sí —le confirmó ella—. Vino a trabajar un rato... a primera hora de la mañana.

—Pues a mí me parece que vino más bien a dormir —replicó él.

—¿Ah, sí? Bueno, la verdad es que llegó muy temprano. Quizá se quedara dormido —mintió Tory, sin mirarlo.

El americano se sentó en una esquina del escritorio y se quitó las gafas de sol.

—¿Estáis juntos?

—¿Cómo? —preguntó ella, sorprendida.

—¿Tienes una relación con Simpson?

—¡Claro que no!

—No te pongas así, solo estaba preguntando. Me han dicho que Simpson es un mujeriego.

—¿Y por eso piensa que somos...?

—¿Amantes? —terminó Ryecart la frase por ella. Tory se puso colorada y él la miró como si fuera el último ejemplar de una especie a punto de extinción—. No sabía que las mujeres seguían poniéndose coloradas.

—Quizá las mujeres que usted conoce no lo hagan —replicó ella.

Era un claro insulto. Ryecart podría haberla despedido por ello, pero se limitó a soltar una carcajada.

—Sí, es verdad. Me gustan las mujeres experimentadas. Menos problemas, menos expectativas. Y menos reproches al final. Aunque, ¿quién sabe? Podría reformarme —le dijo con una sonrisa. Tory se preguntó si estaba

flirteando... o riéndose de ella–. ¿Y tú? –preguntó Ryecart entonces.

–¿Yo? Ah, yo prefiero los hombres invisibles. Muchas menos expectativas y cero reproches.

–¿No sales con nadie?

–No. Y no quiero reformarme –contestó Tory con firmeza.

–¿Esa es una declaración de intenciones?

–No entiendo.

–¿Es algo personal, me estás diciendo que te deje en
paz o es que no quieres saber nada de los hombres?

Tory se preguntó a sí misma si quería conservar el
puesto de trabajo. Y así era, de modo que tendría que
controlar su temperamento. No dijo nada, simplemente
lo miró. Que él sacara sus propias conclusiones.

–Ya veo que soy yo. En fin, ¿qué se le va a hacer?
Siempre queda la esperanza.

–Piense lo que quiera.

Se estaba riendo de ella. Tenía que ser eso. No estaba
interesado, solo era una broma.

–¿Tienes idea de cómo puedo ponerme en contacto
con Simpson?

–Yo... pues la verdad es que no estoy segura –empezó
a decir Tory, incómoda. Después de decirle que no tenía
nada que ver con él, no podía darle el número de teléfono de su apartamento–. Pero puedo hacerle llegar un
mensaje.

–Muy bien. Le he pedido a todos los jefes de departamento que estén aquí el lunes a las nueve en punto y espero que Simpson acuda también a la reunión.

–Se lo diré... si lo encuentro, claro –dijo Tory, dándole a entender que entre Alex y ella no había más que una
relación profesional.

–Si no lo encuentras, no te preocupes. Es problema
de Simpson si no ha dejado un número de teléfono donde
localizarlo.

–Pero usted lo ha visto esta mañana.

–¿Crees que debería haberlo despertado? –sonrió Ryecart, burlón–. Creo que una mañana de resaca no es el mejor momento para encontrarse con el nuevo jefe. ¿A ti qué te parece?

Tory pensó que era muy generoso por parte del americano haberle dado una oportunidad a Alex. Aunque quizá querría despedirlo cuando estuviera completamente sobrio.

–Alex es un excelente jefe de programación. Ha ganado el premio de la Asociación de Televisión tres años seguidos.

–Simpson fue un buen jefe de programación. Pero en este negocio solo cuenta el último programa y él debería saberlo –la corrigió Lucas Ryecart. Tory se mantuvo en silencio. Salir en defensa de Alex no habría servido de nada–. ¿Por qué estás tan preocupada por Simpson? Si él se va de Eastwich, podría ser bueno para tu carrera.

–Lo dudo. Simon tiene más experiencia que yo.

El americano hizo un gesto de extrañeza y Tory señaló el escritorio vacío al lado del suyo.

–Ah, él. Desde luego, parece más decidido a hacerse notar. ¿Es él la razón por la que eres tan leal a Simpson?

–¿Perdón?

–¿No quieres trabajar a las órdenes de Simon?

No, desde luego, Tory no quería estar por debajo de Simon, pero tampoco quería que lo despidieran.

–No es eso.

–No serás homófoba, ¿verdad?

–¿Cómo? –exclamó Tory, sorprendida por la franqueza del hombre.

–Homófoba. Anti-gay, anti-homosex...

–Ya sé lo que significa –lo interrumpió ella, irritada–. Puede que sea difícil de entender para un americano, pero no contestar inmediatamente a una pregunta no es señal de estupidez.

–¿Un americano? ¿Te refieres a que somos bocazas y groseros? –sonrió Ryecart.

Ni siquiera parecía afectado por el comentario y Tory se preguntó qué habría que hacer para sacar a aquel hombre de quicio. Quizá darle un martillazo en la cabeza.

–Las preferencias sexuales de Simon no me interesan en absoluto.

–Si tú lo dices –replicó él, como si no la creyera.

–¡Yo no soy homófoba! –insistió Tory, enfadada–. Que no quiera trabajar bajo las órdenes de Simon no tiene nada que ver con eso.

–De acuerdo –concedió Ryecart, mirando su reloj–. He de irme. Tengo una reunión en Londres –añadió, arrancando una hoja de su cuaderno en la que anotó dos números de teléfono–. El de arriba es el móvil, el otro es el del hotel Abbey.

El hotel Abbey era el más exclusivo de la zona, en el que residían millonarios y celebridades que iban de visita.

Tory miró el trozo de papel como si estuviera contaminado. ¿Por qué le daba su número de teléfono? ¿Pensaría que iba a llamarlo?

–No entiendo.

–Llámame en caso de que tengas algún problema para localizar a Alex Simpson –explicó él al ver su expresión de sorpresa.

–Ah, claro.

–Lo encuentres o no, si quieres llamarme de todas formas... seguro que encontraremos algo de qué hablar. Además, hoy hace un día precioso para hacer novillos.

Tory se sintió incómoda al recordar que había hecho novillos el día anterior.

–Tengo trabajo –le dijo, muy seria.

–Bueno, ya sabes lo que dicen: el que no se divierte, no sabe vivir.

Seguramente, así era como la veía, como una chica aburrida que no sabía qué hacer con su tiempo libre. Eso la puso a la defensiva.

–No soy yo quien se va a Londres a trabajar un sábado.

–¿He dicho yo que fuera a trabajar?

Tory frunció el ceño.

–Ha dicho que va a una reunión.

–Pero es una reunión de carácter personal.

–Ya –murmuró ella, incómoda.

–En cierto modo, tiene que ver contigo. Voy a cenar con la mujer con la que he estado saliendo. Es una cena de despedida –explicó Ryecart entonces.

Tory lo miró a los ojos y enseguida apartó la mirada. No había nada sutil en su interés por ella.

–Eso no tiene nada que ver conmigo, señor Ryecart –le dijo con la expresión más seria que pudo encontrar.

–Quizá no ahora mismo, pero ¿quién sabe lo que nos deparará el futuro? –sonrió él, levantándose.

–No creo que vayamos a vernos a menudo, señor Ryecart, considerando que es usted el jefe de la cadena. Pero intentaré ser amable cada vez que nos encontremos.

Aquella vez, el mensaje estaba bien claro.

–O sea, que no quieres saber nada de mí.

Tory apretó los puños. Aquel hombre no sabía nada sobre las convenciones de una conversación normal.

–Yo no he dicho eso. Solo estaba diciendo...

–Que tienes que ser amable conmigo porque soy tu jefe –la interrumpió él.

–Mire, señor Ryecart...

Tory sentía un enorme deseo de darle una bofetada. Y tuvo que hacer un esfuerzo para controlarse, recordando que él era, desde luego, su jefe.

El americano levantó una mano en señal de rendición. Podía ser un bocazas, pero no era tonto.

–No hace falta que seas amable –le dijo, dirigiéndose hacia la puerta.

–¡Señor Ryecart!

Él se volvió, con expresión remota. ¿Habría decidido despedirla?

–¿Debo empezar a buscar otro empleo? –preguntó Tory directamente.

–Si lo que estás preguntándome es si Eastwich va a sobrevivir, la respuesta es que aún no lo sé. No es ningún secreto que la cadena tiene pérdidas, pero yo no la habría comprado si no pensara que puedo levantarla.

Era la respuesta de un hombre de negocios y Tory se sintió como una tonta. Había pensado que rechazar a Lucas Ryecart era una ofensa que pagaría con el despido, pero obviamente él no se tomaba las cosas tan en serio.

–Ya veo.

–Eso era lo que querías saber, ¿no?

–En realidad, no. Yo pensé que...

–Que te despediría por rechazarme –terminó él la frase–. ¿Tienes una opinión tan mala de mí... o de todos los hombres?

Tory se mordió los labios.

–Creo que lo he juzgado mal.

–Puede que yo sea un típico bocazas americano, pero...

–Yo no he dicho eso –lo interrumpió Tory.

–Y puede que, alguna vez, deje que mis hormonas masculinas estén por encima de mi sentido común –continuó Ryecart con crudeza–. Pero no estoy desesperado y tampoco soy vengativo. Si te vas de Eastwich, no será por mí.

Tory habría deseado que se la tragara la tierra.

–Lo siento. No debería...

Pero no pudo terminar la frase porque Lucas Ryecart había salido del despacho.

Quizá no fuera vengativo, pero tenía mal genio. Lo supo cuando escuchó el portazo.

Debería haber mantenido la boca cerrada. El americano había estado tonteando con ella, nada más. Quizá tonteaba por costumbre. Y seguramente a la mayoría de las mujeres les gustaba.

La mayoría de las mujeres sabrían cómo responder a ese coqueteo. Sabrían que un hombre tan guapo, tan rico y tan poderoso como él no estaba realmente interesado en ordinarios mortales. Se sentirían halagadas por su atención, pero no lo tomarían en serio.

Tory miró por la ventana y lo vio dirigiéndose hacia su coche en el aparcamiento. Estaba segura de que no miraría hacia arriba porque ya se habría olvidado de ella.

Ryecart entró en un jeep de color oscuro, un coche normal, cuando había esperado verlo con un deportivo. Pero, ¿qué sabía ella sobre Lucas Ryecart? En realidad, nada.

Tory intentó recordar lo que Charlie, su ex prometido, le había contado sobre él. Charlie no solía hablar sobre su hermana, pero había hablado alguna vez sobre su cuñado. Obviamente admiraba a aquel reportero que trabajaba en las zonas más conflictivas del mundo. La madre de Charlie también solía hablar de su yerno con admiración y Tory se había formado varias imágenes de él: marido leal, periodista comprometido y... un ser humano generoso por lo que le habían contado.

Ninguna de esas descripciones tenía nada que ver con el Lucas Ryecart que ella había conocido en la oficina, pero habían pasado muchos años desde la muerte de Jessica Wainwright y el tiempo cambiaba a la gente. Desde luego, habían cambiado sus circunstancias económicas si Eastwich era solo una de las cadenas de televisión de las que era propietario. Y tampoco era ya el tipo de hombre que buscaba un compromiso con una mujer. Su franqueza era una virtud, pero si tenía alguna otra, Tory no lo había visto.

El tiempo también la había cambiado a ella. ¿O era su forma de vida? Lo único que hacía era trabajar y eso la había convertido en una mojigata incapaz de tomarse a broma las atenciones de un hombre sin parecer una monja.

Estaba enfadada consigo misma. Y con Alex. Y con Lucas Ryecart. Para desahogarse, decidió darle una patada a la papelera.

Después, siguió el consejo del americano y se fue al

club de campo Anglian, donde pasó dos horas haciendo windsurf en el lago artificial. Había aprendido a hacerlo durante sus primeras vacaciones fuera de Inglaterra y era su deporte favorito.

A veces tomaba lecciones con Steve, el entrenador del club. Steve era de su edad y había terminado la carrera de Derecho, pero no ejercía porque prefería dedicarse al deporte. Solían charlar a menudo y una vez salieron a tomar una copa, pero nada más.

Aquel día, la ayudó a guardar el equipo y le preguntó si tenía planes para la noche. Ella le dijo que no y Steve le propuso que salieran a cenar.

En cualquier otra ocasión, Tory habría rehusado amablemente, pero la imagen de Lucas Ryecart parecía perseguirla, como un fantasma.

–¿Por qué no?

Fueron a un pequeño restaurante italiano y charlaron sobre música y sobre la universidad. Él era un buen conversador y la velada resultó agradable.

Después, fueron a un bar, donde se encontraron con la pandilla de Steve. Ella tomó un par de zumos, charló con todo el mundo y, aunque no aceptó la invitación para acudir a una fiesta, los llevó hasta allí en su coche.

Cuando se despedían, Steve la sorprendió dándole un beso en los labios. En cuanto cerró los ojos, la imagen de otro hombre apareció en su mente y Tory se apartó, como si la quemara.

Steve entendió el mensaje.

–Supongo que no querrás venir a mi casa –le dijo, con más esperanza que convicción.

–No, gracias –sonrió ella. Su negativa fue aceptada con buen humor.

–Quizá podamos salir otro día –se despidió Steve entonces.

Tory volvió a casa sin remordimientos. Lo había pasado bien, pero no sentía ningún deseo de tener relaciones sexuales con un hombre cuya obsesión era el windsurf. Prefería irse a la cama con una taza de chocolate caliente y un libro de Jane Austen.

Cuando volvió a su apartamento y vio que estaba vacío, se sintió aliviada. Alex debía haber decidido dormir en otra parte.

Pero no tuvo suerte. A las tres de la mañana, la despertó el agrio sonido del timbre y no se sorprendió al verlo apoyado en la puerta.

–He perdido la llave, lo siento –se disculpó él, obviamente borracho.

–Me prometiste que no vendrías si habías bebido –suspiró Tory.

–No puedo evitarlo... La quiero mucho. La quiero de verdad.

–Sí, ya, pero baja la voz –dijo ella, tirando de Alex para que no despertara a los vecinos.

–No estoy borracho. Solo he tomado un par de copas. Es culpa suya. La he llamado, pero no quiere hablar conmigo... ¿Por qué no quiere hablar conmigo? Ella sabe que es el amor de mi vida.

–A lo mejor, su marido estaba en casa –dijo Tory, sarcástica.

–¿Su marido? Yo soy su marido. En la riqueza y en la pobreza, en la salud y en la enfermedad. Hasta que la muerte... o la hipoteca de la casa nos separe –dijo Alex, sollozando patéticamente.

–¿De quién estás hablando?

–De Rita, mi mujer –contestó él, mirándola como si fuera idiota–. ¡La preciosa Rita...!

–¡Alex, por favor! ¡Vas a despertar a todo el mundo!

–Me da igual. Todas las mujeres son iguales... menos tú –le dijo, poniendo ojos de cachorro.

Tory miró al cielo. Quizá había tomado a Lucas Ryecart demasiado en serio aquella mañana, pero con Alex no estaba en peligro. Borracho, Alex Simpson tontearía con una farola.

–Creí que hablabas de Sue.

–¿Sue?

–Sue Baxter –le recordó ella, con tono de reproche–. Trabaja en Eastwich, ¿recuerdas? Su marido es ingeniero naval y llevas viviendo en su casa dos meses.

–¿Crees que no quiero a Rita porque me acuesto con Sue? No es verdad. Sue solo es...

–¿Una sustituta? –sugirió Tory, irónica.

–Sí. No. No lo entiendes. Los hombres no son como las mujeres...

–Ya –lo interrumpió ella. Y antes de que Alex empezara a justificarse hablando sobre la biología y la genética, sacó una manta y una almohada del armario–. Es muy educativo hablar contigo. Anda, túmbate en el sofá.

–Tú no eres una mujer, Tory. Tú eres una amiga.

–Gracias. Buenas noches, Alex.

–Buenas noches –murmuró él, medio dormido.

Fue Tory quien no pudo dormir.

Después de pasar la tarde haciendo windsurf, debería estar cansada, pero no podía dormir. Y no podía dejar de pensar en Lucas Ryecart.

Alex era otro problema. Intentaba decirse a sí misma que no era asunto suyo. Y no lo era, en realidad. Después de todo, no le debía nada a Alex. Le había dado una oportunidad, ofreciéndole el trabajo de ayudante de producción, pero ella le había devuelto el favor con creces, cubriendo sus ausencias y, en muchos casos, haciendo su trabajo por él. Sería mucho más sensato dejar que Alex solucionara sus problemas.

Quizá pudiera enfrentarse con el americano y salir airoso. Después de todo, era un hombre inteligente, graduado en la universidad de Cambridge y con veinte años de experiencia en la televisión.

Mientras que Lucas Ryecart... ¿quién era él?

El hombre que iba a barrer el suelo con la cabellera de Alex, se contestó a sí misma.

Y por segunda noche consecutiva, Tory se quedó dormida con la imagen de Lucas Ryecart grabada en la mente.

Capítulo 3

TORY se despertó de mal humor y no se sentía mucho mejor después de tomar una ducha. Vestida con camiseta y vaqueros, entró en el salón para decirle a Alex que lo quería fuera de su casa inmediatamente.

Pero él seguía durmiendo. Encogido, soñaba despierto, murmurando cosas ininteligibles. Olía a alcohol y a tabaco.

Nunca le había parecido atractivo, pero aquella mañana lo encontraba repelente. Era imposible que estuviera sobrio y en sus cabales para el lunes por la mañana.

Pero no harían falta reproches. Cuando se levantara, el propio Alex sentiría lástima de sí mismo.

No se equivocó. Cuando le llevó una taza de café bien cargado, Alex parecía lleno de remordimientos por haber olvidado su promesa de no ir a su casa si estaba bebido. Aparentemente, había tomado una copa antes de llamar a su mujer y, cuando Rita se había negado a hablar con él, había tomado varias más.

—O sea que fue culpa de Rita, ¿no? –dijo Tory, irónica.

—Yo no he dicho eso.

—Ya, pero casi. Mira, no he conocido a muchos candidatos a la santidad, pero tu mujer debe de ser uno de ellos.

Alex pareció sorprendido por su franqueza, pero no discutió.

—Tienes razón. No la he tratado muy bien, ¿verdad? –murmuró. Tory levantó una ceja–. De acuerdo, lo admito. Le he sido infiel un par de veces, pero eso no significa nada. Solo la quiero a ella. Después de veinte años, Rita debería saberlo.

—¿Veinte años?

—Nos conocimos en la universidad. Rita era tan simpática, tan alegre, tan inteligente... sigue siéndolo. No puedo vivir sin ella –dijo el hombre, desesperado.

—Pues entonces, será mejor que intentes recuperarla –le aconsejó Tory–. Eso y dejar de beber. Si no lo haces, lo perderás todo.

—Ya lo he perdido –murmuró Alex, cabizbajo.

—Eso no es verdad. Ahora mismo, tienes un buen puesto de trabajo con un sueldo estupendo, pero como sigas así, no te doy más de una semana.

—He faltado a un par de reuniones, pero Colin me entiende. Él sabe que pronto estaré como nuevo.

—Se te olvida el americano –le recordó ella.

—Ryecart –suspiró Alex, encogiéndose de hombros–. A él solo le interesa el dinero que pueda ingresar la cadena.

—Yo no lo creo. Y hay algo que debes saber. Te vio ayer, durmiendo en la oficina.

—¿Qué? Bueno, a lo mejor creyó que había estado trabajando toda la noche.

Tory negó con la cabeza.

—No es tonto, Alex. Sabía que habías estado durmiendo en tu despacho... y quiere verte el lunes a primera hora.

—Ah, qué civilizado, no despertar a un hombre para despedirlo –dijo él entonces, irónico. Era lo mismo que Tory había pensado, pero prefirió no decir nada–. Seguramente le dio miedo despertarme. Pensaría que iba a liarme a puñetazos con él.

Tory suspiró.

—Los hombres sois ridículos.

Eso dejó a Alex desinflado. Los dos sabían que él no era capaz de pegar a nadie.

–Muy bien. No me gusta pegarme con nadie, pero el americano no lo sabe.

–Y dudo que le importe. Parece muy capaz de cuidar de sí mismo.

–¿Es grande?

–Es alto, fuerte y musculoso –contestó ella, recordando que el americano debía medir casi diez centímetros más que Alex.

Alex la miró con curiosidad.

–No te gustará, ¿no?

–¡Claro que no! –protestó Tory inmediatamente–. ¿Por qué dices eso?

Él se encogió de hombros, sonriendo.

–Porque te has puesto colorada. Nunca te había visto ponerte colorada.

–Qué tontería. Yo me pongo colorada muchas veces –dijo ella tontamente–. Además, no estamos hablando de mí. Eres tú quien tiene el problema. El lunes tendrás que hacer un esfuerzo para impresionarlo, Alex.

–¿Para qué voy a darle la satisfacción de aparecer el lunes? ¿Para que me despida delante de todo el mundo?

–¡Por favor! ¡No hables como un niño pequeño!

–¡No soy un niño pequeño! –exclamó Alex, indignado.

–Lo siento. No debería haber dicho eso –dijo Tory, al ver la expresión dolida del hombre.

–No pasa nada. Es lo que me habría dicho Rita. Ella tampoco puede soportar a la gente que siente compasión de sí misma –dijo él entonces, mirándola con admiración.

A Tory se le hizo un nudo en el estómago. Lo último que necesitaba era que Alex dependiera de ella emocionalmente.

–Yo no puedo decirte lo que tienes que hacer –dijo, levantándose para llevar las tazas a la cocina.

Alex la siguió.

–Podría preparar un calendario de los documentales que tenemos en cartera para los próximos meses.

–¿Qué documentales? –preguntó ella.

–Ahora no lo sé, pero seguro que se nos ocurre algo.

–¿Se nos ocurre?

–He pensado que quizá tú...

–¿Quieres que me ponga a trabajar en mi único día libre?

–Bueno, si tienes otros planes...

–Crees que no tengo nada que hacer, ¿verdad? –lo acusó ella, casi borrando el dibujo de una de las tazas con el estropajo–. La buena de Tory, que nunca tiene nada que hacer.

–Yo no he dicho eso –dijo Alex entonces, percatándose de que había tocado un tema espinoso.

–Pero lo has sugerido.

–No, en serio. Es que trabajo mejor si tú me echas una mano –explicó su jefe entonces.

Tory sabía que Alex no trabajaría en absoluto si ella no lo ayudaba. Y tuvo que rendirse.

–Ve a ducharte, yo voy a hacer un poco más de café. Después, nos pondremos a trabajar.

–Eres maravillosa.

Pocos minutos después, oía el ruido de la ducha. Y, lo mejor de todo, a Alex cantando.

Los hombres eran increíbles. Un minuto antes le estaba confesando que estaba desolado por la pérdida de su mujer y, al minuto siguiente, se ponía a cantar una selección de los mejores temas de los setenta.

Compartimentación. Así trabaja el cerebro de los hombres. Todo está separado en cubículos. El amor por la mujer y los hijos. El trabajo y la ambición. La diversión y el sexo. Cada cosa en su cubículo, sin mezclarlas nunca.

Por supuesto, no todos los hombres. Pero casi todos.

Cuando pensó en Lucas Ryecart, decidió que era igual que Alex. Primero la veía como una mujer y le dejaba claro que estaba interesado y, un minuto después, se convertía en una empleada y la trataba como tal. Y por fin, se metía en su coche, olvidándose completamente del asunto.

Eran tan diferentes de las mujeres...

Las mujeres llevaban la carga emocional de un cubículo a otro hasta que no podían más con el peso.

Había excepciones, por supuesto. Su propia madre era una de ellas. Maura Lloyd veía la vida como algo muy sencillo: «Crea el caos que quieras, pero después cierra la puerta y márchate", parecía ser su lema. Había funcionado para su madre... pero no para los demás.

Ella era hija única. Su madre la había tenido con dieciocho años. El padre de Tory era un profesor casado... o, al menos, eso era lo que Maura le había contado casi siempre, aunque a veces era un famoso pintor, un dibujante de tiras cómicas o un ilustrador de cuentos para niños. Tory nunca supo si aquellos hombres eran una fantasía o una selección de los amantes de su madre.

En cualquier caso, Maura nunca había querido darle el nombre de su verdadero padre y después de conocer a algunos de sus novios, Tory había decidido dejar el asunto.

En cualquier caso, la había criado sola. Aunque no del todo. En realidad, su infancia había transcurrido entre la casa de sus abuelos y los diversos apartamentos en los que su madre vivía con el novio de turno.

Quería a su madre porque era cariñosa y divertida, pero en realidad prefería vivir con sus abuelos. Cuando estuvo enferma de pequeña, su madre ni siquiera aparentó ser capaz de cuidar de ella. Su abuela Jean fue quien la llevó a quimioterapia, quien sostuvo su mano y quien le prometió que sus preciosos rizos volverían a crecer.

Su madre estaba preocupada, desde luego, pero siempre había sido muy egoísta. Cuando más necesitaba calma, Maura se hizo la trágica, llorando de una forma tan escandalosa que Tory creyó que se moría.

No había muerto, por supuesto, y la leucemia que sufrió de niña no era más que un recuerdo del pasado aunque, en algunos aspectos, seguía marcando su vida. Todo en la infancia marcaba la vida de uno.

Tory miró entonces a su alrededor. La cocina estaba limpia y reluciente. Una costumbre heredada de su abuela Jean, que había muerto diez años atrás.

No había nada que le recordara a su madre, pero ella sabía que la llevaba dentro. Mantenía su recuerdo guardado bajo llave.

—¿Tory? —la voz de Alex la sacó de su ensimismamiento—. ¿Te encuentras bien?

—Sí, claro. He hecho café —contestó Tory, poniendo en la bandeja la cafetera y un plato con cruasanes.

Cuando terminaron de desayunar, empezaron a desarrollar ideas para los documentales.

Trabajaron todo el día, con un pequeño descanso para comer, y Alex empezó a parecerse al hombre con el que ella había querido trabajar un año atrás. Cuando no estaba saltando de cama en cama o tomando copas, Alex Simpson era un jefe de programación con mucho talento.

Al final del día, habían conseguido terminar un calendario de futuros documentales y parecía satisfecho. Tory también, imaginando la cara de Lucas Ryecart al día siguiente.

—Tengo hambre. ¿No hay algún restaurante chino cerca de aquí?

—Hay uno a dos manzanas. Podemos pedir la comida por teléfono e ir a buscarla después.

Después de llamar al Dragón Afortunado, Tory empezó a ponerse la chaqueta.

—Deja, iré yo —se ofreció Alex.

—Tú no sabes dónde está y me apetece dar un paseo.

El Dragón Afortunado estaba muy cerca. El problema era que había un bar de camino y no sabía si Alex sería capaz de pasar por delante sin entrar.

Cuando volvía a casa con la comida, Tory no se fijó en el jeep aparcado al otro lado de la calle, ni en el conductor, que salía del coche y se dirigía hacia ella.

–¿Te ayudo? –oyó una voz mientras dejaba las bolsas en el suelo para sacar la llave. Lucas Ryecart dio un paso atrás al ver su mirada de alarma–. Lamento haberte asustado.

Tory sintió una confusa mezcla de sentimientos al verlo. Como siempre, lo primero fue el impacto de aquel poderoso físico masculino. Pero después pensó en una serie de factores que la hicieron apretar los dientes. Él tenía su dirección. La dirección estaba en un archivo de personal. Lucas Ryecart era el dueño del archivo porque era el dueño de Eastwich.

Pero no era su dueño. Y Tory se lo dejó claro con una sola mirada.

–¿Qué hace aquí?

–Quería hablar contigo y pensé que sería mejor hacerlo fuera del trabajo... ¿Puedo entrar?

–¡No! –exclamó ella, horrorizada. No quería que nadie, especialmente Lucas Ryecart, se enterase de que Alex estaba durmiendo en su casa.

–¿Tienes compañía?

–¿Por qué dice eso?

Él miró las bolsas de plástico con el logo del restaurante chino.

–O estás con alguien o tienes un apetito de caballo.

Sherlock Holmes en carne y hueso, pensó ella, irónica.

–He invitado a un amigo a tomar el té.

–Ah, ya veo que estoy molestando. Lo siento. Solo quería pedirte disculpas.

–¿Disculpas por qué?

–Por lo de ayer. Me pasé, lo siento. No era ni el sitio ni el momento.

Tory no sabía bien cómo reaccionar ante una disculpa que parecía tan sincera.

–Yo... no es necesario –dijo por fin–. Los dos dijimos cosas desagradables, así que será mejor olvidar todo el incidente.

—Muy bien. ¿Nos damos un apretón de manos para firmar el acuerdo?

—De acuerdo —murmuró ella, estrechando la mano del hombre con ciertas reservas.

La mano de Lucas Ryecart era grande y fuerte y el contacto la hizo sentir algo raro, como una corriente eléctrica. El calor empezó a recorrer su cuerpo como si fuera un incendio.

Era alarmante excitarse con un simple apretón de manos. La sola idea hizo que se pusiera colorada.

Ryecart sonrió.

—Eres muy joven.

—Tengo veintiséis años.

—Muy joven. Yo tengo cuarenta y uno —dijo él entonces. Tory no pudo disimular un gesto de sorpresa—. Demasiado viejo, me parece.

—¿Demasiado viejo para qué?

—Para una chica que casi podría ser mi hija.

No era demasiado viejo y ella no podría ser su hija. Tory estuvo a punto de decirlo en voz alta. Pero, ¿para qué cuando lo que quería era librarse de él? ¿O no era así?

Ryecart no había soltado su mano y tuvo que hacerlo ella. Pero el calor no desapareció.

—Colin Mathieson me dijo que tenías treinta.

Tory hizo una mueca. Colin creía que tenía treinta años porque eso era lo que Alex le había dicho cuando la contrató.

—Quizá se refiriera a otra persona —sugirió, incómoda.

—Es posible. Pero, si hubiera sabido tu edad, no te habría pedido que salieras conmigo.

¿Por qué?, se preguntó ella. ¿Su religión le impedía salir con chicas de menos de treinta años? ¿O pensaba que era demasiado inmadura para él?

—No me lo ha pedido.

—¿No? Pues ese era mi plan. Parece que, al final, no lo hice —sonrió Ryecart—. Colin me dio tu dirección. Le dije que quería hablar contigo sobre Simpson.

¡Alex! Por un momento, Tory se había olvidado de Alex.

Podía decírselo, desde luego. Podía decirle que entrase para que conociera a un sobrio y trabajador Alex Simpson. ¿Tanto importaba lo que él pudiera pensar?

Tory decidió que le importaba mucho.

—Ah, claro.

—¿Has conseguido localizarlo?

—Sí. Y está deseando conocerlo. Creo que tiene varios proyectos que le gustaría discutir con usted.

Lucas Ryecart pareció sorprendido, pero no hizo ningún comentario al respecto.

—Me alegro. Bueno, será mejor que me vaya...

En ese momento, se abrió la puerta.

Cuando Tory se volvió, se encontró con Alex. Tenía la chaqueta en la mano y, al verla, la miró con expresión culpable.

Enseguida se dio cuenta de lo que pasaba. Cansado de esperar que volviera, Alex había decidido salir para beber algo.

—Ah, aquí estás. Tardabas tanto que iba a buscarte.

—No, yo... —Tory miró a los dos hombres, pero no hizo las presentaciones.

Lucas Ryecart, por supuesto, sabía quién era. Después de mirarlo, sus ojos se clavaron en ella. Unos ojos azules, fríos como el hielo.

—Lo siento... —empezó a decir Alex—. Veo que sobro aquí. ¿Quieres que desaparezca durante un par de horas? Te dejaré la casa para ti sola, si quieres.

Tory estaba a punto de ponerse a gritar.

—Yo... no. No hace falta, Alex.

Llevaba todo el día intentando que volviera a concentrarse en el trabajo. No iba a dejar que se perdiera en algún bar.

—Es verdad. No hace falta, Alex —dijo Ryecart entonces—. La señorita Lloyd y yo hemos dicho todo lo que teníamos que decirnos.

Después de eso, se dio la vuelta.

–¡Maldita sea! –exclamó Tory, furiosa.

Alex, que se había percatado del acento americano del extraño, empezó a comprender.

–¿No sería...?

–¡Sí! –confirmó ella, tomando las bolsas del suelo–. Toma, llévalas dentro.

Después, salió corriendo y llegó al jeep cuando Lucas Ryecart estaba abriendo la puerta.

–Espere, por favor –le rogó, antes de que entrase.

Él se volvió, con expresión remota, como si ya se hubiera olvidado del incidente.

Después de unos segundos en los que pareció deliberar si le interesaba o no, cerró la puerta del jeep y se apoyó en ella, con los brazos cruzados.

–Muy bien. Estoy esperando.

–Yo solo... quería aclarar cualquier malentendido. Sobre Alex quiero decir. No es lo que...

–¿Lo que parece? –la interrumpió él, con un gesto de ironía.

–Sí... eso. No es lo que parece.

–Entonces, ese hombre no era Alex Simpson, no vais a cenar juntos, Simpson no vive en tu casa y no me has mentido sobre tu relación con él.

Tory vio por su expresión que perdería el tiempo si le contaba la verdad. Cualquier inclinación por parte de Ryecart de solucionar el enfado entre ellos había desaparecido con la aparición de Alex.

–Da igual. No valdría de nada –murmuró, dándose la vuelta.

Y se habría marchado si Ryecart no la hubiera detenido. Sin hacer excesivo uso de la fuerza, la tomó del brazo y la colocó contra la puerta del jeep.

–¡Suélteme!

–Muy bien –dijo él. La soltó, pero estaba tan cerca que Tory se sentía atrapada–. ¿La esposa de Simpson ha pedido el divorcio?

Ella lo miró, desconcertada.

–Supongo que sí. ¿Por qué?

–Eso explica la necesidad de mantenerlo en secreto –concluyó Ryecart entonces–. Aunque no explica la atracción que sientes por ese hombre.

–¡Usted no sabe nada! –exclamó Tory, ofendida.

–Tienes razón. No sé nada. No sé por qué una chica joven e inteligente pierde su tiempo con un fracasado, con un alcohólico que tiene mujer y dos hijos. Quizá tú puedas explicármelo.

–¡Alex no es un fracasado! –protestó ella, furiosa–. Y no es un alcohólico.

Él la miró con cara de pena.

–¿Quién dice que el amor no es ciego?

–Yo no estoy enamorada de Alex Simpson. Nunca he estado enamorada de él y nunca lo estaré. Ni siquiera creo en el amor.

Lo había dicho con tanta convicción que Ryecart la miró, asombrado. Pero no la soltó.

–No estás enamorada de Simpson y no estás enamorada de nadie más. Me pregunto cómo pasas tus días, Tory Lloyd.

–Trabajando. Eso es lo verdaderamente importante para mí. Es lo único importante para mí.

Ryecart se inclinó hacia ella.

–Si eso es verdad, Simpson debe de ser muy malo en la cama.

Tory reaccionó con furiosa incredulidad.

–¿Siempre tiene que ser tan... tan...?

–¿Preciso?

–¡Tan grosero!

–No puedo evitarlo. Después de todo, soy americano –dijo él, muy serio–. ¿Es eso lo que te gusta de Simpson? ¿Que es refinado?

–Mucho más que usted, desde luego.

En aquel momento, Tory había dejado de preocuparse por conservar su puesto de trabajo.

Y Lucas Ryecart había dejado de preocuparse por ser un jefe razonable.

—No voy a discutir eso. Pero al menos, yo tengo una cierta noción de la moralidad.

—¿Ah, sí?

—Si estuviera casado, no dejaría a mi esposa solo porque en el horizonte apareciera una mujer más joven.

—No es eso. Además, ¿quién sabe qué haría usted? —le espetó ella—. No está casado, ¿no?

—Ahora no. Pero lo estuve —dijo Ryecart entonces. Tory vio en su rostro una sombra de tristeza y habría deseado abofetearse a sí misma. Había olvidado a Jessica Wainwright—. Y cuando estaba casado, era fiel.

La rabia de Tory desapareció al preguntarse si seguiría llorando la pérdida de su mujer, pero decidió no insistir. Se sentía incómoda hablando de aquello.

—Señor Ryecart, yo creo que esto no es asunto mío.

—Lo será, señorita Lloyd —dijo él, burlándose de su formalidad—. El día que consiga apartarla de Simpson.

—¿Qué?

—He dicho...

—¡Ya lo he oído! ¿Es una broma?

Los ojos azules del hombre se clavaron en los suyos. Y en ellos Tory vio que no estaba bromeando.

—He decidido que estoy interesado.

Podrían haber estado discutiendo un asunto de negocios, como si ella fuera su última adquisición.

—Pensé que era demasiado mayor para mí —le recordó Tory.

—He dicho eso, sí. Pero como estás viviendo con alguien de mi edad, supongo que tú no tienes ese tipo de reserva.

—Yo no vivo con Alex —protestó ella.

—Solo sois buenos amigos, ¿no?

Tory habría deseado abofetearlo con todas sus fuerzas. Nunca había sentido un deseo tan violento en su vida.

—¡Piense lo que quiera! Pero no lo pague con Alex.

–¿Qué quieres decir?

–Quiero decir que yo le gusto y...

Una risa ronca interrumpió la frase.

–Los ingleses siempre tan comedidos. No solo me gusta, señorita Lloyd, la deseo, me gustaría...

–De acuerdo –lo interrumpió ella, antes de que fuera más explícito–. Pero eso no es culpa mía y tampoco es culpa de Alex. Yo no lo he animado. Si eso afecta nuestro puesto de trabajo en Eastwich...

–¿Me demandarás por acoso sexual?

–No he dicho eso.

–Mejor. Yo soy capaz de separar la vida profesional de la personal. Si decido despedir a Simpson, te aseguro que no será porque compartes cama con él.

–¡Yo no me acuesto con él! –protestó Tory de nuevo. Pero la mirada irónica del hombre la hizo abandonar–. Muy bien, se acabó. Alex y yo somos amantes. De hecho, estamos haciéndolo todo el tiempo, como conejos. Día y noche. No podemos dejar de tocarnos.

Eso lo silenció durante unos segundos.

–¿Quién está siendo grosero ahora?

–Se llama ironía, señor Ryecart –replicó ella.

–Muy bien. Si Simpson y tú no sois amantes... pruébalo.

–¿Probarlo? ¿Y cómo voy a hacer eso, poniendo una cámara en mi dormitorio?

–Eso no valdría de nada –respondió él con frialdad–. Algunas parejas nunca lo hacen en el dormitorio. Yo mismo prefiero el sexo al aire libre. ¿Y tú?

Tory tuvo que disimular un gesto de turbación al imaginar una pareja haciendo el amor sobre la hierba, bajo un cielo azul. Y no cualquier pareja...

Tuvo que cerrar los ojos para apartar aquella imagen de su mente.

–Mire, señor Ryecart...

–No era una sugerencia. Creo que, por ahora, lo mejor será ir a cenar.

–¿A cenar?

–Es lo normal. El chico invita a la chica a cenar y después la lleva a su casa. Si tiene suerte, le da un beso de buenas noches y si tiene mucha suerte...

–¿Me está pidiendo una cita?

–Eso es.

–¿Para probar que no estoy con Alex? –preguntó Tory, incrédula.

–Eso no sería decisivo. Pero si tú fueras mía, no dejaría que otro hombre se acercara. Y supongo que Simpson siente lo mismo.

–Alex no es así. Es mucho más civilizado.

–Ya –murmuró Ryecart, irónico, mirando hacia la casa.

Tory siguió la dirección de su mirada y vio a Alex esconderse detrás de la cortina. Obviamente, los había estado espiando.

–Siente curiosidad, porque sabe quién es usted. No es nada personal.

–Sí, seguro.

–¡Es cierto!

–De acuerdo. Entonces, no le importará que haga esto...

Antes de que pudiera detenerlo, el americano la besó. Fue un beso fugaz que apenas duró unos segundos, pero dejó impresa una marca en los labios de Tory.

–Yo... No debería...

–No, es verdad –asintió él–. Pero ya que lo he hecho...

Ya que lo había hecho, tendría que repetirlo. Sus ojos le decían eso.

Tory tuvo tiempo de protestar, volver la cara, hacer cualquier cosa. Tuvo tiempo de escapar antes de que la boca del hombre tomara la suya posesivamente. Tiempo de escapar antes de que la besara como si fueran amantes.

Pero Tory nunca había sentido nada parecido. Incapaz de moverse, con los ojos cerrados y los labios entre-abiertos, lo dejó hacer. Fue incapaz de resistirse cuando él la tomó por la cintura.

La pasión surgió tan repentinamente que los pilló desprevenidos. Ella sabía que era una locura, pero no po-día hacer nada. Sin pensar, enredó los brazos alrededor de su cuello mientras él la apretaba contra la puerta del coche, sin dejar de besarla.

Ryecart tiró de la camiseta hacia arriba para acariciar su espalda y la suave curva de sus pechos. Tory llevaba un sujetador de encaje y él empezó a acariciarla por enci-ma de la tela. El roce de las fuertes manos del hombre hizo que sus pezones se endurecieran y, enardecido, Rye-cart apartó la tela de un tirón. Ella no protestó. Los dos habían olvidado dónde estaban.

De repente, oyeron el ruido de una puerta.

–¡Mira, mamá! ¡Siguen besándose! ¿No saben que se van a contagiar los gérmenes?

–Calla, Jack –le dijo su madre–. ¡Entra en el coche!

Aquello hizo que Tory recuperase la cordura y se apartó, nerviosa. Él había dejado de acariciarla, pero no la soltó.

Avergonzada, Tory miró a la mujer que entraba en el coche con su hijo. Ryecart, sin embargo, no parecía aver-gonzado. Todo lo contrario; la miraba con una sonrisa en los labios.

–Vendrás conmigo al hotel.

–¡Nunca! –exclamó ella, indignada.

–¿Por qué no? Los dos lo deseamos.

Tory negó con la cabeza, sin mirarlo. Cuando intentó apartarse, él la sujetó por la cinturilla del pantalón.

–No tienes que volver con Simpson. Mañana te ayu-daré a mudarte, si quieres.

Ella lo miró, incrédula. ¿Qué estaba sugiriendo?

–Acabamos de conocernos.

–¿Y qué? ¿Cuántas veces has sentido algo parecido?

–Yo...

–No tienes que venirte a vivir conmigo. Aún no. Pero tampoco puedes seguir viviendo con Simpson.

–Yo no vivo con Alex –repitió ella por enésima vez–. Es mi casa.

–Mejor. Entonces, puedes echarlo.

–Está loco.

–No, soy sincero. Y no veo para qué vamos a luchar contra lo inevitable.

Él y ella en la cama. Eso era lo inevitable. Tory no necesitaba traducción. Ryecart pensaba que ella era presa fácil y era hora de devolverle el insulto.

–Señor Ryecart, o es un presuntuoso o me subestima. En cualquier caso, antes de acostarme con usted caminaría sobre carbones encendidos con una lata de gasolina en la mano. ¿Es esa suficiente sinceridad o quiere más?

Pero él no pareció ofendido. Todo lo contrario. Su gesto de incredulidad la irritó tanto que lo empujó con fuerza. Tomado por sorpresa, Ryecart dio un paso atrás, pero la sujetó del brazo antes de que pudiera escapar, mirándola con ojos amenazantes.

–No puedes volver a acostarte con Simpson. ¿Lo entiendes?

Tory sintió un escalofrío, pero, cuando intentó soltar su brazo no lo consiguió.

–¡Suélteme!

–¿Lo entiendes?

–Sí –contestó ella por fin.

–No volverás a acostarte con él –insistió el americano, mirándola a los ojos.

Había algo extraño y desconcertante en los ojos del hombre y Tory se dio cuenta entonces de que no sabía quién era Lucas Ryecart.

Asustada, empezó a correr hacia su casa sin mirar atrás.

No vio que él esperaba hasta que desapareció dentro de la casa para entrar en el coche.

Capítulo 4

DESDE el despacho de Tory podía verse el pasillo y el lunes por la mañana observó a Alex y al grupo de ejecutivos de la cadena pasar por delante para ir a la sala de juntas. Todos estaban muy serios para su primer encuentro con el gran jefe.

Dos horas más tarde, volvían con un aire más relajado.

Todos menos Alex Simpson. Él no salió hasta media hora más tarde. Simon lo vio primero.

—Ahí está.

Alex asomó la cabeza por la puerta.

—Tory, ¿puedo hablar contigo un momento en mi despacho?

Cuando volvieron a quedarse solos, Simon hizo una mueca.

—A lo mejor quiere que le ayudes a guardar sus cosas en una caja —sugirió, irónico.

Tory lanzó una mirada airada sobre su compañero y después fue al despacho de su jefe.

—¿Va todo bien?

La respuesta de Alex la dejó sorprendida. No dejaba de hablar maravillas sobre el americano y sus planes para Eastwich.

—Cuando me pidió que me quedara un momento, pensé que iba a despedirme. Pero no. Solo quería que habláramos sobre el rumbo que debe tomar nuestro departamento.

—¿No me digas?

–Le he dado el calendario de documentales y se ha quedado impresionado.

–¿Ah, sí? –murmuró ella, escéptica.

–Sí. Y no te preocupes, le he dicho que lo habíamos preparado tú y yo. Por cierto, me ha preguntado desde cuándo trabajamos juntos.

Tory reconoció el sarcasmo, aunque él no parecía haberse percatado. El problema era que, cuando volvió a casa la noche anterior, le había contado que la discusión con el americano era debida a que Ryecart creyó que había mentido sobre el paradero de su jefe. Y, afortunadamente, Alex no había presenciado el beso.

–No sé. Yo no confiaría en él –dijo por fin.

–A mí me ha parecido sincero... Además, me apetece celebrarlo. Te invito a comer.

Tory se preguntó cómo, de repente, Alex tenía dinero para celebraciones.

–Gracias, pero tengo una reunión dentro de una hora. Podemos tomar algo en la cafetería, si quieres.

–Mejor no. Me apetece comer algo decente.

Cuando volvió a su despacho, Tory seguía preguntándose cuál sería el plan de Ryecart.

–¿Y bien? –inquirió Simon.

–No ha pasado nada –contestó ella, tomando su bolso–. Voy a comer algo a la cafetería.

–Voy contigo.

Fueron juntos hasta el ascensor y le contó lo que Alex había dicho del americano. Simon hizo un gesto de sorpresa.

–¡Señorita Lloyd! –escucharon una voz tras ellos.

Ella siguió andando, como si no hubiera oído nada. No tenía que volverse para saber quién la estaba llamando.

–Espera. Es el jefazo –murmuró Simon.

–No me digas –dijo Tory, irónica.

Cuando se volvió y vio a Lucas Ryecart frente a ella, su corazón empezó a latir con violencia. Era una simple reacción física. No le gustaba aquel hombre. Se lo había dicho a sí misma doscientas veces.

Estaban absortos el uno en el otro y Simon se dio cuenta.

–¿Debería dejaros solos?

–¡Sí!

–¡No!

La respuesta fue simultánea, pero Simon sabía a quién debía escuchar y sonrió a su nuevo jefe antes de darse la vuelta.

–¿Qué quiere?

–Tenemos que hablar –dijo Ryecart–. Pero aquí no. Ven a comer conmigo.

–No puedo.

–¿No puedes o no quieres?

–Muy bien. No quiero.

–Si te sirve de consuelo, quiero que sepas que tú también me asustas.

–No sé por qué tiene miedo de mí, señor Ryecart. Yo no puedo despedirlo.

–Yo no hablaba de eso y lo sabes –replicó él, exasperado–. ¿Puedes olvidar quién soy por un momento?

–Baje la voz –le pidió Tory, mirando alrededor–. Y no, no puedo olvidarlo. Tampoco podría usted si estuviera en mi posición.

–¿Debajo de mí? –preguntó Ryecart, con doble intención.

–¡Sí!

–Ojalá lo estuvieras –murmuró él, mirándola de arriba abajo.

–¿Cómo se atreve...?

Si no se daba la vuelta inmediatamente, acabaría pegándole, pensó ella, con los dientes apretados.

Y se dio la vuelta, pero Ryecart la siguió hasta el ascensor.

Tardaba una eternidad en llegar y Tory decidió ignorarlo. Algo muy difícil porque no dejaba de mirarla.

Cuando por fin llegó, las dos chicas del departamento de dramáticos que bajaron de él miraron al nuevo presidente con descarada admiración. Cuando Ryecart entró tras ella en el ascensor, Tory estuvo a punto de salir, pero pensó que era un acto de cobardía. ¿Qué podía hacerle en los segundos que tardarían en llegar al vestíbulo?

Podría parar el ascensor. Tory no se dio cuenta de que lo había hecho hasta que el ascensor se detuvo.

–¡No puede hacer eso!

–¿Por qué no?

–Porque... porque no puede.

–No te preocupes. Más tarde, me regañaré a mí mismo. Pero ahora vamos a hablar.

–No quiero hablar.

–Muy bien. Pues no hablaremos –dijo Ryecart entonces, dando un paso hacia ella.

–Si me toca...

–¿Te pondrás a gritar?

–¡Sí!

–Por supuesto. ¿Qué otra cosa podrías hacer, con el ascensor parado? –sonrió él.

Ella lo miró, furiosa. Tenía respuesta para todo.

Ryecart alargó la mano y apartó un mechón de pelo de su frente.

–No te asustes. No voy a tocarte hasta que tú no me lo pidas.

–Los dos estaremos muertos para entonces.

El insulto era claro, pero él no dejó de sonreír.

–No le hablaste a Simpson sobre nuestra... conversación de ayer, ¿verdad?

–No había nada que decir –replicó Tory.

–Entonces, ¿para ti es normal que los hombres te hagan proposiciones?

–Me ocurre todo el tiempo –contestó ella.

–No me lo creo.

–Pues empiece a creérselo.

–¿Por qué estás con un idiota como Simpson?

–¿Cuando podría tener a alguien como usted? –replicó ella, despreciativa.

–Podrías tener a cualquier chico de tu edad, soltero y sin compromiso. Pero ya que lo dices, sí, también podrías tenerme a mí.

–Yo no...

–Cuando mandes a Simpson a paseo, claro.

–¿Y si no?

–No se me ha ocurrido pensar que eso pudiera ocurrir.

¿Y si no lo hiciera? ¿Eso pondría su trabajo en peligro? Lucas Ryecart seguía siendo un extraño para ella.

Aquel día llevaba un traje de chaqueta, camisa blanca y corbata de seda.

–¿Va a despedir a Alex?

–Si quisiera despedir a Simpson, podría haberlo hecho esta misma mañana. Creo que ya tiene el número requerido de advertencias.

Tory no sabía eso. Imaginaba que el consejo de administración de Eastwich ignoraba la conducta de su jefe de programación.

–¿Por qué no lo ha hecho?

–Si Simpson y tú no vivierais juntos, –dijo él entonces, sin poder evitar una mueca de disgusto–, seguramente lo habría despedido. Pero por el momento me veo obligado a seguir soportándolo.

–No entiendo –murmuró Tory.

–Yo quería despedirlo y, en circunstancias normales, lo habría hecho –explicó entonces Ryecart, encogiéndose de hombros–. Pero no estoy seguro al cien por cien de cuál es la razón. Supongo que porque me parece que no hace su trabajo como debe hacerlo, pero también podría ser porque está viviendo con la mujer que me gusta.

–Pero... ya le he...

–Así que he decidido dejarlo por el momento. Y si sigue metiendo la pata, tendré razones suficientes para echarlo.

–¿Lo despedirá? –preguntó Tory, cuando pudo encontrar su voz.

–Eso es –contestó él tranquilamente.

–¿Y si hace su trabajo como lo hacía antes?

–Entonces, no tendrá que preocuparse –contestó Ryecart, mirándola a los ojos.

O era un hombre de palabra o un mentiroso redoma-
do. Seguía sin saber cuál era la respuesta, pero Tory se
daba cuenta de que la situación iba a ser imposible.

–Quizá debiera ser yo quien se fuera de Eastwich.

El rostro de Ryecart se ensombreció.

–¿Harías eso por Simpson?

–¿Quiere saber si renunciaría a mi trabajo por amor?

–Algo así –sonrió él.

–Pues siento desilusionarlo, pero no me gusta sacrifi-
carme. Prefiero sobrevivir.

–Entonces, ¿tienes miedo de mí?

–¿De quién si no?

–¿Tanto te molesto?

–Sí. No... ¿qué esperaba? –preguntó ella, incómoda.

–Tú también me desconciertas. Aquí estoy, supuestamente dispuesto a rescatar Eastwich del colapso económi-
co, y no puedo dejar de pensar en una de las ayudantes de
producción... ¿Qué puede hacer un hombre cuando le pasa
eso? –preguntó el americano con una sonrisa devastadora.

Pero Tory no pensaba dejarse afectar.

–Todo esto es una broma para usted, ¿no?

–¿Una broma? Yo no diría eso. Aunque la vida es irónica. Te das cuenta cuando empiezas a cumplir años de
que no hay que tomarse nada demasiado en serio.

–Eso lo decide cada uno, supongo.

–¿Estaba siendo condescendiente?

–Un poco.

–Lo siento –se disculpó Ryecart con una sonrisa.
Tory también sonrió–. Ah, una sonrisa. Inaudita, pero
preciosa.

–¿Le importaría pulsar el botón? Me gustaría ir a comer.

–Claro –dijo Ryecart entonces, poniendo el ascensor
en marcha.

El movimiento la pilló desprevenida y Tory cayó hacia adelante. No había peligro de que se hiciera daño, pero él la sujetó de todas formas.

Cuando recuperó el equilibrio, seguía sujetándola.

Llevaba un vestido sin mangas y el roce de la mano de él le daba escalofríos.

Podría haber protestado y lo intentó. Levantó la cabeza, pero las palabras no salieron de su boca. Cuando él la miró, sus ojos no escondían sus sentimientos. La deseaba. En aquel momento.

Ryecart la atrajo hacia él y Tory lo miró a los ojos, esperando.

El ascensor se paró justo cuando él estaba tomando su cara entre las manos.

Cuando las puertas se abrieron, la estaba besando apasionadamente y ella le devolvía el beso con el mismo ardor.

–¡Vaya! –la exclamación llegó de uno de los hombres que esperaban en el vestíbulo.

Tory se apartó inmediatamente al reconocer la voz de Colin Mathieson.

La sorpresa en el rostro de Colin era evidente. Su amigo, sin embargo, un hombre de pelo cano, parecía muy divertido.

–Hemos estado buscándote, Lucas. Pero obviamente, en el sitio equivocado.

–Hola, Chuck. Te presento... –empezó a decir Ryecart.

Pero Tory, horrorizada, no pensaba quedarse allí para que le presentara a su amigote americano.

–¡No se moleste! –exclamó, saliendo del ascensor a toda prisa.

Oyó que Colin la llamaba y que el extraño se reía. No oyó nada de Lucas Ryecart, pero imaginaba que en su rostro habría una sonrisa de satisfacción.

Fue a la cafetería, segura de que él no la seguiría hasta allí.

–¿Dónde has estado? –le preguntó Simon, cuando se

sentó a su lado con una ensalada y un zumo de naranja–. Pensé que habías muerto... o que estabas en la cama con Ryecart. Me pregunto si ese hombre mira a todas las mujeres de la misma forma.

–Cállate, Simon –lo regañó ella.

–Menuda mirada. Yo pensaba que los hombres solo miraban así en las películas, pero Ryecart...

–¡Simon! –exclamó Tory, mirando alrededor–. Puede que esto te haga gracia, pero dudo que él piense lo mismo. Si sigues diciendo tonterías, podría denunciarte por libelo.

–¿Libelo? Solo pueden denunciarte por libelo si lo pones por escrito. Y yo no lo he puesto por escrito... todavía.

–¿Cómo que todavía? –preguntó ella, sorprendida.

–Podría escribirlo en las paredes del cuarto de baño, supongo. LR ama a TL. ¿O es al revés?

–Ninguna de las dos cosas, idiota.

Simon levantó una ceja, pero decidió cambiar de conversación.

Tory comió rápidamente y después volvió a su despacho. Lo mejor sería ponerse a trabajar, se dijo a sí misma, de ese modo no podría pensar en nada.

Alex no volvió después de comer, pero se dijo a sí misma que no era problema suyo. Trabajó hasta tarde, como siempre, y salía por la puerta cuando Colin Mathieson estaba guardando su maletín en el coche.

–Hola, Tory –la saludó el hombre–. Me alegro de que nos hayamos encontrado. Quería hablar contigo.

Tuvo que soportar una charla que venía a decir: «tú no eres más que una simple ayudante de producción y él es un hombre rico y poderoso. ¿Seguro que sabes lo que estás haciendo?».

Colin lo hacía por su propio bien y ella consiguió decir «sí» y «no» un par de veces y contener sus sentimientos hasta que pudiera ponerse a gritar dentro de su coche.

Capítulo 5

TRAS el incidente en el ascensor, Tory estaba decidida a evitar a Lucas Ryecart.

Y le resultó fácil. El americano permaneció encerrado durante un par de días en su despacho y después se marchó a Estados Unidos.

Su ausencia puso las cosas en perspectiva. Mientras Tory pensaba qué haría la próxima vez que lo viera, él estaba en un avión pensando en cómo ganar más dinero. Quizá la deseaba, pero igual que deseaba un juguete de adulto, como un deportivo o un yate. Tenía un poco de tiempo para jugar, disfrutaba un rato y después iba a otra cosa.

Casi había conseguido olvidarse de él cuando llegó una postal en el correo del sábado.

En una de las caras había una fotografía de la estatua de la Libertad y en la otra, una frase: *¿Se ha ido ya?*

–¿Te encuentras bien? –le preguntó Alex, mientras desayunaban.

–Sí, perfectamente. Es... una postal de mi madre.

–Pensé que vivía en Australia.

Al darse cuenta de que Alex había visto la fotografía, Tory decidió mentir para no complicar más las cosas.

–Es que está de vacaciones en Nueva York.

Alex asintió, sin interés.

«¿Se ha ido ya?». Ojalá, pensó ella. Alex Simpson la estaba volviendo loca.

Desaliñado, desordenado, dejaba ropa sobre las sillas y tiraba las toallas al suelo del baño.

Tory le había llamado la atención sutilmente y, cuando eso no sirvió de nada, le dijo claramente que tenía que dejar las cosas en su sitio. Alex aparentaba estar contrito durante unos minutos y después volvía a hacer lo que le daba la gana.

Quizá era ella, pensó. Quizá no supiera convivir con nadie.

En cualquier caso, estaba deseando que Alex se fuera. O, al menos, lo deseaba hasta que llegó la postal. No quería que Lucas Ryecart creyera que obedecía sus órdenes.

Al final, decidió que fuera el destino quien decidiera, y cuando Alex volvió unas horas más tarde, cansado de buscar apartamento, lo sorprendió diciendo que podía quedarse unos días más.

–Eres maravillosa. Esta semana encontraré algo, ya lo verás –le prometió él–. Aunque será difícil porque Ryecart vuelve el lunes.

–¿El lunes?

–¿No te lo había dicho? Envió un fax ayer para que tengamos preparada una reunión del departamento. El lunes por la mañana en el hotel Abbey.

–No me lo habías dicho –murmuró Tory, irritada.

–No te preocupes. Solo quiere discutir asuntos de trabajo.

–Intentaré no hacerme notar demasiado. Si no te importa.

Alex no discutió. Llevaba unos días sin beber y había recuperado la ambición. Estaba demasiado ocupado promocionándose a sí mismo como para pensar en ella.

De hecho, el lunes por la mañana, pareció que se celebraba una carrera entre Simon y en Alex.

Simon parecía ir a la cabeza, ya que había tenido el buen sentido de llegar temprano. Atrapados en el tráfico, Alex y ella llegaron diez minutos tarde a la cueva del león.

Tory se negó a mirar al americano, incluso cuando él le dio los buenos días.

Estaban en una pequeña sala de reuniones del hotel, ocupada casi en su totalidad por una enorme mesa oval y ocho sillas. Simon estaba entre Ryecart y ella y Alex, enfrente, intentando disculparse por llegar tarde.

La calle principal estaba en obras y, como su coche estaba en el taller, habían ido en el de Tory, le dijo, sin necesidad alguna.

Pero, por supuesto, Lucas Ryecart tenía otra idea: Alex y ella habían llegado juntos porque vivían juntos.

—¿Tory y tú vivís en el mismo barrio? —preguntó el americano, con evidente intención.

—Pues... en realidad, no —contestó él.

—Ah, entonces es muy generoso por tu parte haber ido a buscarlo, Tory —sonrió Ryecart.

Había pasado una semana desde el incidente del ascensor y Tory había decidido que aquel hombre no podía gustarle.

Aquella vez estaba preparada, aunque quizá no lo suficiente. Vio su edad, marcada en las pequeñas arruguitas alrededor de sus ojos, vio algunos cabellos grises en sus sienes. Vio imperfecciones, como una pequeña cicatriz que tenía en el mentón.

Pero entonces, miró sus ojos y se olvidó del resto. Unos ojos de un azul profundo, como un cielo tropical, unos ojos que la atraían y la hacían darse cuenta de que aquella atracción desafiaba a la lógica. Aquel hombre seguía dejándola sin respiración.

Pero aquella vez intentó luchar. Se enfadó consigo misma por su debilidad. Y se enfadó mucho más con él por provocarla.

—La verdad es que no he tenido que desviarme —dijo con tono desafiante.

Él entendió enseguida y su expresión se alteró. Estaba contestando a su postal: No, Alex no se había marchado.

Ryecart siguió mirándola hasta que ella tuvo que

apartar la mirada, y después empezó a hablar de trabajo.

Habló francamente sobre la dirección que debía tomar el departamento de documentales. Había que trabajar más deprisa para evitar que los temas de actualidad fueran tratados por la competencia.

Lamentablemente, Alex parecía creer que le estaba diciendo algo que él ya sabía.

—Esa es política del departamento desde hace años. Hace poco abandonamos un documental porque la cadena Tyne Tees también estaba trabajando en el tema.

—¿Y cuánto le costó eso a Eastwich? —preguntó Lucas.

—No lo sé —contestó Alex, incómodo.

—Yo sí —dijo Ryecart entonces, dando una cifra.

—Normalmente, yo no me ocupo de los presupuestos —replicó Alex.

Tory vio que estaba metiéndose en un lío. ¿Por qué caía en la trampa? ¿No se daba cuenta de que se lo estaba poniendo en bandeja al americano?

—Eso me han dicho —dijo Ryecart entonces.

—No es que no me interese rebajar en lo posible el presupuesto de los documentales. Algunos de ellos se han hecho con lo mínimo.

—¿Ah, sí? —la incredulidad de Ryecart era evidente—. A ver, sorpréndeme.

—¿Perdón?

—¿Qué documental se ha hecho con lo mínimo?

—Pues... yo... —empezó a decir Alex, incómodo—. Era una expresión. No lo he dicho literalmente, pero no creo que gastemos más que otros departamentos. El de dramáticos, por ejemplo. Todo el mundo sabe que el último trabajo costó casi medio millón de libras.

—Y recuperamos el doble al venderlo a una cadena americana —sonrió el nuevo presidente del consejo de administración—. Bueno, sigamos con lo nuestro. Alex me entregó el otro día un proyecto de trabajo que supongo todos conoceréis.

Tory pensaba lo mismo, pero por la expresión de Simon, él estaba a oscuras.

–Dejé una copia sobre tu escritorio –se defendió Alex.

–Ya –murmuró Simon, incrédulo.

–Toma la mía –dijo Tory entonces–. Yo tengo otra.

–A riesgo de eliminar algo que os guste especialmente, sugiero que nos olvidemos del tema uno y del cuatro.

–¿Olvidarnos? –exclamó Alex.

–El primero es inviable y el otro, de poco interés.

–¿Por qué, si puedo preguntar?

Su tono parecía implicar que el americano estaba siendo dictatorial.

–Quiero elegir un documental que no cueste una fortuna.

–¿El coste es el único criterio? –preguntó Alex, con tono de artista ofendido.

Lucas Ryecart parecía inamovible.

–En las circunstancias económicas de la cadena, sí. Pero si quieres gastarte tu propio dinero, puedes hacerlo.

Lo había dicho con una sonrisa, pero el mensaje estaba claro: o aceptaba sus órdenes o podía marcharse.

–El tema número dos podría meternos en un fatigoso litigio... a menos que podamos probar todos y cada uno de los cargos que se hacen contra las compañías farmacéuticas.

–Sabe que eso es imposible –replicó Alex–. Tenemos que fiarnos de nuestros informadores y, en algunos casos, no podemos comprobar si están diciendo la verdad.

–Exactamente –dijo Ryecart–. Así que es mejor pasar... Aunque si quieres llevarte la historia a otra parte, yo no me opondré.

–No, yo no...

Alex pasó de la indignación al desconcierto. Aún no se había dado cuenta de que, tras la agradable fachada, había un hombre de hierro.

–Eso nos deja dos ideas sobre la mesa –resumió el

nuevo jefe de la cadena–. Discriminación racial en las Fuerzas Armadas y las drogas en los colegios. Cualquiera de los dos es interesante. Además, Simon y yo tenemos una idea que nos gustaría contaros.

Alex se puso en guardia inmediatamente.

–¿Han tenido la misma idea?

–En realidad, no –fue Simon quien habló entonces–. No a todos nos gustan las conspiraciones.

El sarcasmo del hombre incluía a Tory. Obviamente, la colocaba del lado de Alex. Ella debería haber protestado, pero no quería hacerlo delante del nuevo jefe.

–¿Tienes alguna idea sobre la que te gustaría hablar? –preguntó Ryecart entonces, dirigiéndose a ella.

Al menos, dos de los temas que Alex había presentado en el informe eran suyos, pero al presentarlo como algo conjunto había perdido los derechos.

Tory negó con la cabeza, preguntándose si Ryecart pensaría que no tenía nada que decir. Por el momento, había contribuido poco a la reunión.

–Como sabes, Tory y yo hemos trabajado juntos en el calendario de temas –dijo Alex entonces, supuestamente intentando rescatarla.

Pero lo que consiguió fue convencer aún más a Simon de que eran un equipo. Un equipo que lo había excluido.

–Sí, eso ya lo sabía. Juntos, ¿eh? –sonrió Ryecart.

–Pues... sí –murmuró Alex, incómodo.

Tory había entendido perfectamente.

–¿Le parece mal, señor Ryecart? –preguntó, irritada.

–En absoluto. Yo también estoy deseando que trabajemos juntos. En cuanto esté dispuesta, señorita Lloyd.

Tory tuvo que apretar los dientes ante aquel comentario con evidente doble sentido.

Cuando miró a los dos hombres que tenía a su lado, se dio cuenta de que, si esperaba apoyo, podía olvidarse. Alex debía pensar que el comentario del americano no era más que una broma sexista y estaba sonriendo, mientras que Simon parecía disfrutar con su incomodidad.

–Volviendo al tema que nos ocupa, sugiero que cada uno de nosotros apoye uno de los temas durante cuarenta minutos –siguió Ryecart entonces. Después, se quitó el reloj y lo dejó sobre la mesa. Era un reloj con correa de cuero, nada ostentoso. Si era millonario, no le gustaba presumir de ello.

Miraba alrededor, esperando que alguien diera el primer paso. Pero nadie lo hizo. En la adversidad, de repente, eran un equipo.

–No estamos acostumbrados a trabajar con un tiempo límite –intentó explicar Alex.

–Lo entiendo, pero cuarenta minutos es el tiempo que suele durar un documental de Eastwich, así que no veo el problema. Si nadie quiere empezar, lo haré yo –dijo Ryecart. Nadie se atrevió a levantarse y Tory se sintió avergonzada. Eran una pandilla de cobardes–. Muy bien. Uno de nuestros patrocinadores, Chuck Wiseman, es un editor americano que quiere ampliar su imperio en Inglaterra. Para ello, ha comprado dos revistas femeninas, *Toi* y *Vitalis*. ¿Alguien las conoce?

–Yo –contestó Tory.

–¿Y qué opinión te merecen?

–*Toi* es una pálida imitación de *Marie Claire*. *Vitalis* es una revista sobre maquillaje y estética, con alguna columna de sociedad.

–Una opinión un poco cínica, pero acertada. Chuck ha pensado unir las dos revistas en una sola publicación y conservar solo lo más interesante. Pero es algo así como un matrimonio de conveniencia y ninguna de las dos revistas parece muy interesada en ir al altar.

–No creo que funcione –dijo Alex.

–Probablemente no, pero Chuck está decidido y es un hombre con mucha experiencia en el sector editorial.

–¿Y qué tenemos que ver nosotros? –preguntó Tory entonces–. ¿Vamos a cubrir la luna de miel?

–Algo así –contestó Ryecart–. Chuck piensa enviar al personal de ambas revistas a pasar un fin de semana de vacaciones. Supongo que espera que la familiaridad cree lazos y yo creo que puede ser una buena historia.

–¿Y dónde piensa enviarlos? Si es un sitio con sol, yo me apunto –dijo Simon.

–Me temo que no habrá sol. Van a pasar el fin de semana en un centro de actividades deportivas en Derbyshire, Dales.

–¡No puede ser! –exclamó Tory.

–Sí, yo pensé lo mismo, pero Chuck cree que, después de ese fin de semana, tendrá un buen equipo de trabajo –sonrió Ryecart.

–Si no se matan antes entre ellos –murmuró Simon.

–O se despeñan por alguna montaña –dijo Tory–. Ese circuito es durísimo.

–Y ahí entramos nosotros –dijo Ryecart entonces.

–¿Vamos a cubrir el fin de semana?

–Exactamente. ¿Quién sabe? Puede que ese circuito tan duro descubra muchas cosas sobre el carácter y la personalidad de cada uno de los asistentes.

–Yo creo que los va a dividir –dijo Tory, pero también ella lo veía claro. Era una historia de interés humano–. Si saben que es una prueba, estarán muy tensos.

–Dos grupos de individuos, la mayoría mujeres, pasando un fin de semana en circunstancias difíciles... Podría ser dinamita –asintió Ryecart.

Alex y Simon asintieron también, convencidos por la idea.

–¿Cómo vamos a hacerlo? ¿Uno de nosotros con un equipo de cámaras siguiendo a esas mujeres mientras suben y bajan montañas?

–Sin cámaras –contestó Ryecart–. Las hay por todo el centro y además ellos tienen su propio equipo de vídeo para seguir a los residentes. El propietario del centro le entregará las cintas a Chuck.

–¿Y eso es legal? –preguntó Simon.

–Han firmado un documento que nos exime de toda responsabilidad. La idea es que un periodista de Eastwich se mezcle con el personal de *Toi*. Quien sea, tendrá que conseguir un puesto en la revista hoy mismo porque la reunión es este fin de semana.

Simon y Alex miraron a Tory.

−¿Por qué yo? −preguntó ella, sorprendida.

−Son revistas femeninas y tú eres una mujer. Alex y yo, no −sonrió Simon.

−Está claro −dijo su jefe.

Angustiada, Tory miró a Ryecart.

−Eso podemos decidirlo más tarde −dijo él, sin mirarla−. ¿Alguien tiene alguna otra idea?

−Yo −dijo Alex, levantándose para hablar sobre un documental sobre drogas en los colegios.

Tenía una idea ciertamente novedosa, centrar la investigación en los padres jóvenes que, ellos mismos consumidores de drogas en su juventud, permitían tácitamente que sus hijos probaran estupefacientes.

Obviamente, había estudiado el tema y dijo haberse puesto en contacto con el director de un instituto dispuesto a colaborar.

Simon sembró dudas al respecto, diciendo que ningún director de un centro público querría ayudarlos a demostrar que allí se consumían drogas.

−¿Y tú qué sabes, si fuiste a un colegio privado? −le espetó Alex.

−Sí, es verdad. Pero tú fuiste a un colegio público, ¿no?

−Pues sí, Simon. ¿Y qué?

−Que se nota −replicó él.

Tory los miró, exasperada.

−Si alguien está interesado, yo también fui a un colegio público. Y el lema era: «Házselo a los otros antes de que te lo hagan a ti». Pero a estas alturas, esperaba haber dejado atrás el colegio.

Los dos, Alex y Simon, parecieron sorprendidos. Como si, de repente, un caniche hubiera sacado los dientes.

Lucas Ryecart sonrió.

Ella no sonrió, sin embargo. Simon y Alex podían comportarse como dos críos, pero el americano seguía siendo el enemigo común.

–Muy bien –dijo Alex entonces. Después, siguió con el tema del documental mientras Simon hacía algún comentario irónico de vez en cuando y Ryecart actuaba de árbitro.

Tory se preguntó qué pensaría de sus empleados. Quizá estuviera empezando a pensar en mandarlos a ellos también al circuito. La imagen de Alex y Simon perdidos en medio del campo escocés con una brújula en la mano la hizo sonreír por primera vez en todo el día.

–¿No compartes esa opinión? –oyó una voz entonces.

Tory levantó los ojos y se encontró con la mirada de Ryecart. Se había perdido en sus pensamientos y no tenía muy claro de qué estaba hablando.

–Pues... yo no diría eso.

–No, pero tu sonrisa era escéptica.

–Posiblemente –admitió ella, en lugar de confesar que estaba pensando en otra cosa.

–Entonces, ¿no estás de acuerdo con Alex en que la mayoría de los adultos ha probado algún tipo de droga?

–Tory nunca ha tomado drogas –intervino Simon–. Es una niña muy buena, ¿verdad, Tory? No fuma, no bebe. No hace nada.

–Cállate, Simon.

–Ni siquiera dice tacos –siguió su exasperante compañero–. Dudo mucho que sus padres tomaran drogas.

–Pues ahí te equivocas –replicó Tory, sin pensar lo que decía.

Lamentó el comentario inmediatamente porque todos los ojos se clavaron en ella.

–¿Te importaría explicar eso? –sonrió Simon.

–No tengo ninguna intención de explicar nada.

–Pero a lo mejor nos ayuda con el documental... –la tentó su compañero, más burlón que malicioso.

–Simon, déjalo –le advirtió Ryecart.

Tory debería sentirse agradecida. Había visto su lado vulnerable y lo respetaba. Pero, ¿eso no la hacía más vulnerable a sus ojos?

–Perdón –dijo Simon, que no quería enemistarse con el americano.

–Simon, ¿te gustaría contarnos la idea de la que me has hablado antes? –preguntó Ryecart entonces.

–Encantado.

Tory escuchó la idea de Simon de realizar un documental sobre la vida de un miembro del Parlamento. Parecía un tema bastante blando hasta que nombró al protagonista. Un hombre controvertido, con ideas intolerantes, que podría dar mucho juego.

–Está casi seguro de que no formará parte del Parlamento el año que viene, así que no tiene nada que perder.

–¿Ha aceptado aparecer en el documental? –preguntó Ryecart.

–Sí.

–¿Lo conoces personalmente?

–Sí. Fui al colegio con su hermano pequeño.

Alex lanzó un bufido, pero Lucas Ryecart aceptó la propuesta, como había aceptado la suya.

–Muy bien. Volveremos a reunirnos dentro de tres semanas y entonces veremos cómo van los temas –dijo, dando por terminada la reunión. Tory suspiró, aliviada, mientras salía de la sala. Pero el alivio duró poco–. Tory, me gustaría hablar contigo.

–¿Conmigo?

No le había dicho de qué quería hablar, pero no tenía que hacerlo. Al fin y al cabo, era el jefe.

–Simon, quizá tú puedas llevar a Alex a Eastwich, ya que su coche está en el taller.

–Sí, claro –sonrió Simon.

Alex aceptó también, aunque a regañadientes, y Tory se quedó completamente abandonada. Así se sentía, al menos.

Imaginaba que Ryecart querría hablarle sobre el asunto de las revistas o... sobre Alex.

—Podemos hablar mientras comemos —dijo, tomándola del brazo.

—¿En el restaurante? —preguntó Tory, que no iba vestida a tono con el distinguido comedor del hotel.

—Podríamos comer en la cafetería o llamar al servicio de habitaciones, si quieres.

—¿El servicio de habitaciones? —repitió ella tontamente.

—Yo vivo en este hotel —le recordó Ryecart.

—¿Quieres que suba a la habitación contigo? —preguntó entonces Tory, que había decidido tutearlo. No tenía sentido seguir llamándolo señor Ryecart cuando estaban solos.

—No es que quiera, es que espero que lo hagas —sonrió él. Una sonrisa más burlona que lasciva. Le encantaba sacarla de quicio—. ¿La cafetería o mi habitación?

—No tengo hambre.

—Entonces, la cafetería —decidió Lucas.

—He dicho...

—Ya te he oído. Tú no tienes hambre, pero yo sí. Así que voy a comer. Puedes mirarme mientras hablamos de trabajo.

Trabajo. Tory se recordó a sí misma que era su jefe. Se preguntaba por qué lo olvidaba tantas veces.

—¿No podríamos volver a la sala de reuniones?

—¿Para estar solos? Bueno, si eso es lo que quieres...

—No —lo interrumpió ella—. Vamos a la cafetería.

—Lo que tú digas —sonrió Lucas. Obviamente, se estaba saliendo con la suya.

El bar, grande y bien iluminado, estaba casi vacío. Él indicó una mesa y estaba a punto de ir a la barra para pedir la carta cuando se acercó un camarero. Lucas pidió ensalada y carne e insistió en que ella tomara al menos un sándwich.

Por la sonrisa obsequiosa del camarero, Tory asumió que Lucas era un cliente muy apreciado.

—Das buenas propinas, ¿verdad? —sonrió, cuando se quedaron solos.

–No especialmente, pero Chuck sí, así que supongo que me sonríe porque tengo un amigo generoso.

–Tu amigo, el editor. ¿Él también se aloja en este hotel?

–Se alojaba. Es un poco rústico para Chuck, así que se ha trasladado al Ritz.

–¿Vive allí?

–Por el momento. Allí y en el hotel Plaza de Nueva York.

Parecía una extraña forma de vida, incluso para un poderoso hombre de negocios.

–¿No tiene familia?

–Está separado –contestó Lucas–. Y no tiene hijos, solo un hijastro... Lo tienes ante ti, por cierto.

–¿Chuck es tu padrastro? –preguntó Tory, sorprendida.

–Es o era, ya no estoy seguro. Desde entonces, se ha casado un par de veces más.

–Lo era, supongo. Si no es así, yo tendría cuatro o cinco padrastros.

Tory no solía hablar sobre su vida privada, pero aparentemente había conocido a un compañero de viaje.

–¿Cuántos años tenías cuando tus padres se divorciaron?

–Nunca se casaron –contestó ella.

Él estudió su expresión.

–¿Eso te avergüenza?

–No. ¿Por qué iba a avergonzarme? –preguntó Tory, a la defensiva.

–Por nada. En nuestros días, eso no es raro... ¿Tus padres tomaban drogas?

–¿Crees que eso podría influir en mi trabajo?

–Puede que sí. Si vas a trabajar con Alex en ese documental, es mejor entrar en el tema con la mente abierta.

Tory se sintió tentada de discutir, de decir que ella era tan objetiva como cualquier buen periodista, pero no estaba segura del todo. La verdad era que su madre había tomado drogas en el pasado. Drogas blandas, pero habían hecho que Maura se comportara de forma arriesgada e irresponsable. Tory tenía seis o siete años entonces y sus abuelos se la habían llevado con ellos.

—Preferiría trabajar en otra historia —le confesó.

—Me parece bien. ¿Crees que serías convincente como editora de una revista femenina?

Por un momento, Tory pensó que estaba recomendándole que buscara otro trabajo y luego se dio cuenta de que se refería al documental.

—¿Quieres que lleve el tema de las revistas?

—Sí.

—¿Porque soy una mujer?

—No solo por eso —contestó Ryecart—. Es que no me imagino a Alex saltando de montaña en montaña a menos que haya un bar al final del camino y tampoco me imagino a Simon como observador, mezclándose discretamente entre la gente.

Tory no podía discutir ninguna de las dos cosas, pero seguía sintiendo que el trabajo era suyo por incapacidad de los dos primeros candidatos.

—Ya veo —murmuró, pensativa.

—¿No te alegras?

—¿Debería hacerlo?

—Yo creo que sí. No quiero un documental saboteado porque no te sientas del todo comprometida. Si no quieres el trabajo, prefiero saberlo.

Tory pensó que había metido la pata, pero la comida llegó en el momento oportuno y tuvo unos minutos para pensar la respuesta.

—Quiero hacerlo —dijo por fin—. ¿Cuándo empiezo?

—Esta tarde. Tienes una cita con el jefe de personal de la revista *Toi*.

—¿Esta tarde, en Londres? —preguntó, sorprendida. Lucas asintió—. ¿Y si no me dan el trabajo?

—Ya lo tienes —sonrió él—. Eres redactora de un periódico local y este es tu primer trabajo en una revista.

Tory se dio cuenta de que iba a tener que mentir y hacer que todo el mundo creyera esas mentiras.

—¿Alguien sabrá quién soy en realidad?

—Solo el director de personal.

—¿No esperarás que provoque problemas? —preguntó ella, insegura.

—Claro que no. No quiero que nos acusen de manipular el material y poner a Eastwich en entredicho. Solo observa, como has hecho hoy.

—¿Eso es una crítica?

—Un comentario —contestó Lucas—. Después de la autopromoción de Alex y Simon, tu reticencia a hablar casi era refrescante, aunque no va a beneficiarte. Esto es un consejo, por cierto, no una amenaza.

—He permanecido callada, pero tengo muchas ideas.

—Estoy seguro de que es así. El problema es que dejas que otra gente se las apropie.

—Somos un equipo —dijo ella, dudosa.

—¿Ah, sí? Pues alguien debería decirle eso a Alex y Simon. A mí me parece que ellos juegan en un equipo diferente. Y tu lealtad... bueno, los dos sabemos dónde está en este momento.

Con Alex, había querido decir.

—Alex es mi jefe. Nada más.

—Eso dices tú.

—Porque es verdad.

—Muy bien. Yo también soy tu jefe —le recordó él innecesariamente—. ¿Puedo vivir en tu casa? —preguntó, sonriendo.

—Claro. ¿Por qué no? Si puedes quitarle el sofá a Alex...

Sus ojos se encontraron y la sonrisa del hombre desapareció.

—¿Estás diciendo que no duermes con él?

—Exactamente.

—Entonces, ¿por qué intentabas aparentar que vivía en otro sitio?

–Porque, a veces, los demás piensan que dos y dos son cinco –contestó Tory.

–Los demás conocen la reputación de Alex con las mujeres. Tengo entendido que ha probado más de un sofá desde que su mujer lo dejó.

Tory sabía que eso era verdad, de modo que no dijo nada.

–Mira, a mí me gusta mantener mi vida privada y mi vida profesional por separado. Alex es mi jefe, sencillamente.

–¿Y por qué vive en tu casa?

–Le estoy haciendo un favor. Y estoy harta. Es un pesado que aprieta la pasta de dientes por el centro.

Lucas sonrió, pero seguía pareciendo incrédulo. ¿Por qué no podía aceptar la verdad?

Tory sacudió la cabeza y, para su alivio, él volvió a hablar sobre el documental.

–¿Cuándo empezaría a trabajar en la revista?

–Mañana –contestó él.

–¿Mañana?

–Tienes cuatro días para aprender cómo funciona la revista antes del fin de semana.

–Pero está en Londres –protestó ella.

–Y allí es donde vamos ahora. O, más bien, cuando yo termine de comer y tú hagas la maleta.

–¿Voy a quedarme en Londres desde hoy mismo? ¿Contigo?

–Si tú quieres... Yo no lo había planeado, pero es una oferta interesante.

–Yo no... yo... –tartamudeó ella, hasta que lo vio sonreír.

–No, ya lo sé.

Tory se sintió aliviada, pero él seguía riéndose. Era un hombre insoportable.

Capítulo 6

LUCAS Ryecart siguió explicándole cuál sería su trabajo. Tory tenía una entrevista con el jefe de personal de la revista *Toi* a las cuatro en punto y el plan era que se quedara en Londres durante toda la semana.

Al mismo tiempo, él debía reunirse con un posible patrocinador de la cadena y se alojaría por la noche en un hotel diferente. Ambos hoteles estaban en el centro de Londres, de modo que lo más lógico era que viajaran juntos. Fin de la historia.

Después, Lucas la llevó a su casa y se quedó esperando en la puerta mientras ella hacía la maleta.

Tomaron la autopista a toda velocidad y Tory decidió ir mirando por la ventanilla, en lugar de conversar. Prácticamente, lo había acusado de llevarla a Londres con propósitos inmorales y lo mejor era el silencio.

Estaban llegando a las afueras de Londres cuando empezó a sonar su móvil.

Era Alex, que la llamaba desde la oficina. Apenas tuvo tiempo de contestar cuando el hombre empezó a lanzar una diatriba contra el americano.

Tory se cambió el teléfono de oreja, esperando que Lucas no hubiera oído los adjetivos «cerdo arrogante», «soberbio» y otras peores. Aparentemente, Alex no estaba muy contento con su jefe.

—Mira, Alex, el señor Ryecart está aquí, a mi lado, si quieres hablar con él.

Eso lo dejó mudo durante unos segundos, antes de

que empezara a interrogarla. Tory se limitó a contestar «sí» y «no» a sus preguntas, en tono neutral.

Alex le preguntó cómo iba a ir a trabajar por la mañana si ella no estaba y ella le recordó, a regañadientes, que su coche estaba aparcado frente a la casa. Tory no confiaba en las habilidades automovilísticas de su jefe, pero él le suplicó que se lo prestara y para que la dejase en paz, tuvo que decir que sí.

Cuando colgó por fin, esperó que el americano hiciera algún comentario. No tuvo que esperar mucho tiempo.

−¿Estás de acuerdo con él? ¿Te parezco un cerdo arrogante?

−Lo has oído.

−No estoy sordo.

−¿Y cómo sabes que hablaba de ti?

Él apartó la mirada de la carretera y sonrió, escéptico.

−A menos que conozca a otro «asno americano», me temo que hablaba de mí.

Tory se puso colorada al darse cuenta de que había oído más de lo que suponía.

−Ya sabes lo que dicen del que pone la oreja −dijo, intentando quitarle importancia al asunto.

−¿Crees que debería haber parado el coche inmediatamente y haberme bajado?

Aquella vez, Tory no discutió. Él tenía razón, por supuesto. Era absurdo acusarlo de poner la oreja cuando era imposible no escuchar los gritos de Alex.

−Siento que te hayas ofendido, pero es relativamente normal poner verde a tu jefe y la verdad es que esta mañana te has metido bastante con Alex.

Había intentado decirlo con cierto grado de humildad, pero él lanzó un bufido.

−¿Crees que me importa la opinión de Simpson? Créeme, me han insultado hombres mejores que él. La cuestión es si tú estás de acuerdo con esos insultos.

Tory estuvo tentada de decir que sí. Estaba de acuerdo, pero no le parecía muy sensato decirlo.

–No he sido yo quien te ha insultado.

–Cobarde –murmuró él, con tono burlón–. Por cierto, no le digas a Simpson que he oído lo que ha dicho de mí.

–¿Por qué no?

–Un hombre en su posición solo tiene dos salidas: se sentirá obligado a ofrecerme una disculpa que no necesito y que no sería sincera. O tendrá que apoyar los insultos con un ataque de machismo para quedar bien delante de ti y eso confirmará mi instinto de que es un tipo que no merece la pena.

–Ya –murmuró Tory–. No diré nada.

–Mejor. ¿Sabes lo que realmente me molesta de Simpson? No tiene nada que ver con los insultos ni con su pomposa actitud, lo peor es que no es suficientemente bueno para una chica como tú.

Tory suspiró pesadamente, preguntándose qué podía decir. Estaba harta de negar cualquier relación con Alex.

–¿Y quién imaginas que es suficientemente bueno para mí?

–Cualquier hombre inteligente, que no tenga un problema con el alcohol –contestó Lucas.

–Ya –murmuró Tory.

Entonces, no se refería a él mismo. ¿Significaba eso que había perdido interés? Debería sentirse aliviada, pero había picado su orgullo femenino.

–Piénsalo. Pero, por el momento, vamos a comprobar tus habilidades como copiloto. Hay un mapa en la guantera. Tienes que buscar la calle Hermitage.

–Muy bien.

Tory apenas tuvo que mirar el mapa porque conocía aquella parte de Londres y le resultó fácil indicarle cómo llegar a las oficinas de la revista.

–Se te da muy bien dar indicaciones –comentó Lucas mientras aparcaba.

–¿Para ser una mujer quieres decir? –sonrió ella, irónica.

–Yo no he dicho eso.

–He vivido en Londres y lo conozco bastante bien –explicó Tory–. ¿Está abierto el maletero?

–¿El maletero?

–Claro. Necesito mi maleta.

–¿No sería mejor dejarla dentro hasta que venga a buscarte?

–¿Vas a venir a buscarme?

–Claro. Te llevaré al hotel cuando termine la entrevista.

–No hace falta. Puedo tomar un taxi.

–¿Y dónde irás?

–Al hotel.

–¿Y cuál es la dirección del hotel? –preguntó Lucas, sonriendo.

Tory frunció el ceño. ¿A qué estaba jugando?

–Dímelo tú.

–Lo haré cuando me entere. La secretaria de Colin Mathieson es quien tiene el nombre del hotel.

–Ya –murmuró ella. Debería haber sabido que Ryecart no se ocuparía de un detalle tan trivial como el hotel en el que se alojaba una simple ayudante de producción–. Entonces, te esperaré aquí.

–Te llamaré cuando esté de camino. Dame el número de tu móvil.

–Lo anotaré en un papel.

–No hace falta. Dímelo.

Tory lo hizo y Lucas lo repitió, como si lo estuviera grabando en su memoria. Ella no podía memorizar un número de nueve dígitos, pero ¿quién sabía de qué era capaz aquel hombre?

–Será mejor que me marche. No quiero llegar tarde a la entrevista.

–Buena suerte –le deseó Lucas.

–Pensé que el puesto era mío –dijo ella, desconcertada.

–Lo es. Esa es la parte fácil.

Tory suponía que tenía razón. Convencer al resto del personal de la revista de que era una experta editora sería lo más difícil.

Por fin salió del coche y subió los escalones del edificio, sabiendo que Lucas no había arrancado todavía. Cuando se volvió, él le hizo un gesto con la mano, pero Tory atravesó las puertas de cristal sin devolvérselo.

–Buenas tardes –la saludó una rubia recepcionista.

Tory dijo su nombre y con quién tenía la cita y la joven le indicó que esperase en recepción.

Acababa de sentarse cuando otra rubia idéntica se acercó para acompañarla al despacho del jefe de personal, John Irving.

La entrevista fue, como le había dicho Lucas, una pura formalidad, pero Tory notó que el director no parecía muy convencido de sus razones para estar allí. Usó la expresión «los poderes fácticos», al hablar del nuevo propietario de la revista, Chuck Wiseman, y parecía pensar que la reunión del fin de semana era una trampa psicológica para sus empleados. También la advirtió de que, debido a las inusuales circunstancias de su contratación, podría encontrar cierta hostilidad entre el personal.

–No lo entiendo. ¿Es que alguien sabe por qué estoy aquí?

–No, no es eso –le aseguró el hombre–. Si lo supieran, me temo que muchos de ellos dimitirían. Y así se lo he dicho al señor Wiseman.

–Entonces, ¿por qué iban a ser hostiles?

–Solo estoy especulando con la posibilidad. Después de todo, hay dos editoras que llevan varios años con nosotros y creen que el puesto que usted va a ocupar les pertenece a ellas por méritos. Todo el mundo piensa que le han dado el trabajo por recomendación.

–Ya veo –murmuró Tory. Llevaba colgado el cartel de «protegida». Y eso no era nada bueno–. ¿Quién creen que me ha recomendado?

–Hay varias teorías, pero prefiero no seguir hablando de este asunto. Solo quería advertirla de que pude encontrarse con un frío recibimiento.

–Gracias.

Se daba cuenta de que Irving tampoco sentía ninguna simpatía por ella. Alguien debía haberle pasado por encima también a él, estaba segura.

—Me temo que yo no puedo hacer nada para aliviar la situación —dijo entonces, con tono distante.

—No se preocupe. Sobreviviré —intentó sonreír Tory.

Las personas con las que iba a encontrarse en la revista no serían más peligrosas que algunas de sus compañeras de colegio. Y allí nadie iba a amenazarla con darle una paliza si no le entregaba el dinero del almuerzo.

—Me alegro de que tenga tanta confianza —murmuró Irving, que no parecía compartir su entusiasmo—. Bueno, creo que es hora de presentarle a todo el mundo.

Poco después, estaban en el departamento editorial. Tory iba tras el director, consciente de las miradas de curiosidad que despertaba.

Se detuvieron frente a un despacho al final de la sala, donde Irving le presentó a Amanda Villiers, redactora-jefa, que estaba en ese momento manteniendo una reunión con el consejo de redacción.

Si no hubiera estado advertida, Tory no habría entendido la actitud de aquella mujer. Amanda Villiers mantenía una fachada amable y sonriente, pero sus comentarios tenían todos un doble sentido.

—He leído tu currículum con mucho interés. El Diario del Cardo fue tu primer trabajo, ¿no?

—El Diario de Cardiff —corrigió Tory, sabiendo que el error era deliberado.

Amanda estaba interpretando para su público y varias de las mujeres que estaban reunidas en la sala soltaron una risita.

—Ah, bueno, sí —sonrió ella—. Es que yo no vengo de la ruta provincial. ¿Qué se escribe para las mujeres de los granjeros? ¿Artículos sobre cómo limpiar el tinte de la lana que queda en las uñas? ¿O cómo preparar el cordero... después de haberlo degollado?

—Hay temas interesantes. Por ejemplo, cómo tejer un

jersey de diseño con tu propia lana –sugirió Tory entonces, irónica.

–Ah, sí, fascinante, desde luego, pero una revista femenina de tirada nacional es algo muy diferente –dijo
Amanda, pillada por sorpresa–. Aunque eso no tengo que
decírtelo. Trabajaste dos años en esa revista francesa...
¿cómo se llamaba?

Buena pregunta. Tory había pasado una hora memori-
zando su supuesto currículum en el coche, pero obviamente no había sido suficiente.

–Supongo que nadie la conoce –dijo, intentando salir
del atolladero.

–Yo, desde luego, no –replicó Amanda–. Pero dime,
querida, ¿cómo se pasa de un diario pueblerino a una revista medio porno en París?

Tory consideró que debía defenderse de la acusa-
ción, pero ya tenía suficientes problemas intentando
mantener su credibilidad como para ponerse a discutir
sobre ética.

–Es una larga historia con la podré aburriros a todas
cuando estemos metidas en un saco de dormir bajo las
estrellas.

–Oh, por favor, el aventurero fin de semana –suspiró
Amanda entonces–. ¿Y sigues queriendo trabajar aquí?
Debes de estar desesperada.

–Seguro que el trabajo es interesante –dijo Tory, intentando parecer entusiasmada.

Amanda la miró escéptica, volviéndose después hacia
otra de las mujeres.

–¿Tú qué crees, Sam? Llevas aquí seis meses. ¿Esta
revista se merece que estemos un fin de semana perdidas
no se sabe dónde?

Sam, una mujer de unos treinta años, la miró y después hizo un comentario inaudible, mirando su cuaderno.

Su actitud mostraba claramente que estaba furiosa.

La única cuestión era contra quién iba dirigida esa furia, contra Tory, que impedía que le dieran un ascenso, o

cont: a Amanda, a quien ella misma se sentía tentada de tirar por el primer barranco que encontrase.

–Bueno, voy a presentarte a mi gente –dijo Amanda entonces, dándole varios nombres y cargos a toda veloci-dad–. ¿Cuándo puedes empezar?

–En cuanto sea posible.

–En ese caso, siéntate –sugirió su nueva jefa.

Tory no pudo hacer nada porque Irving había decidido dejarla allí. Su trabajo estaba hecho y sencillamente se despidió con un gesto.

Lo que pasó después era territorio familiar. Amanda dirigía una discusión sobre el próximo número de la revista dedicado a la cosmética y Tory se mantuvo en silencio mientras cada una daba su opinión o rebatía la de las demás. A nadie se le ocurrió incluirla en la conversación, por supuesto.

No era sorprendente. Después de haberla humillado, Amanda simplemente la ignoraba.

Mejor, pensó Tory. En realidad, no tenía nada que decir sobre silicona y liposucción. Aceptaba que las mujeres tenían derecho a cambiar su aspecto cuando quisieran pero, en su opinión, la búsqueda de un cuerpo perfecto empezaba a ser obsesiva. Las revistas femeninas estaban llenas de artículos sobre el asunto y lo que habría que cuestionarse era si eso servía para que las lectoras se documentasen o eran precisamente las revistas las que provocaban tal obsesión.

–¿Tú qué opinas, Victoria? –le preguntó entonces Amanda, usando su nombre completo–. ¿Tú te has hecho un aumento de pecho, por ejemplo? –sugirió, mirando descaradamente el discreto pecho de Tory–. No, ya veo que no... pero la nariz. Un poco respingona, ¿verdad, chicas?

Dos de las mujeres soltaron una desagradable carcajada, como si hubiera dicho algo muy gracioso, pero la joven que estaba al final de la mesa emitió un suspiro.

Eso hizo que Tory se preguntara qué tensiones tendría que soportar durante todo un fin de semana.

Desde luego, se alegraba de trabajar en Eastwich y se alegraba de que Alex fuera su jefe y no Amanda Villiers.

Cuando el sonido de su móvil interrumpió la reunión, Amanda la miró con cara de fastidio.

—Una regla de oro, querida, los móviles se apagan durante las reuniones. Pensé que lo sabías.

—Lo siento. No lo sabía —murmuró Tory, mirando la pantalla del móvil. Era un número que no conocía, de modo que debía de ser Lucas.

—¿Quién es? —preguntó Amanda, impaciente.

—Un amigo que va a llevarme al hotel.

—¿Un hombre?

—Sí.

—Qué suerte —dijo su jefa, irónica.

—Le diré que llame más tarde.

—No, no te molestes. La reunión está a punto de terminar, ¿no os parece?

Las otras asintieron y Tory se preguntó si alguien se atrevía alguna vez a no estar de acuerdo con Amanda.

—¿Seguro que no te importa?

—Claro que no. Ya te he dicho que la reunión ha terminado. Vamos, contesta. Va a creer que estás muerta.

—Muy bien... Hola, ¿quién es?

—Estoy fuera —oyó la voz de Lucas.

—Bajaré enseguida —le prometió Tory, antes de colgar.

—Le gusta mandar, ¿no? —sonrió Amanda.

—Más o menos.

—A mí también me gustan así —comentó su nueva jefa—. En la cama sobre todo. Pero no cuando exigen que la cena esté preparada.

Tory se obligó a sí misma a sonreír, preguntándose si reírle los chistes a Amanda sería uno de los requisitos del puesto.

—Vamos, no lo hagas esperar, Vicki, cariño —dijo la mujer, con un tono que a Tory le puso la piel de gallina.

Pero hizo lo que le decía, ansiosa por apartarse de aquella bruja.

Afortunadamente, recordaba el camino hasta los ascensores porque nadie se ofreció a acompañarla, aunque se encontró esperando junto a una de las asistentes a la reunión. Era la chica que suspiraba en lugar de reírse.

–¿Qué te ha parecido? –preguntó la joven, mientras bajaban–. ¿Crees que te gustará trabajar aquí?

Tory se encogió de hombros.

–Aún es pronto.

–Pues Amanda no va a mejorar. Y me parece que no le caes muy bien.

Ella suspiró. Lo que imaginaba. Trabajar para Amanda iba a ser un suplicio. Gracias a Dios, un suplicio temporal.

–Pues tendré que aguantar.

Su compañera de ascensor la miró con una mezcla de piedad y admiración antes de que las puertas se abrieran y Tory prácticamente salió corriendo.

–¿Qué tal ha ido todo? –le preguntó Lucas.

Ella dejó escapar un suspiro de angustia.

–No me preguntes.

–¿Tan mal?

–Peor –contestó Tory.

En ese momento, vio a Amanda saliendo del edificio y puso cara de asco.

–¿Quién es? –preguntó Lucas.

–La redactora-jefa del infierno. ¿Nos vamos?

–Sí, claro. Veo que ya te han presentado a todo el mundo.

–Más que eso. Después de presentarme, el director me abandonó a mi suerte con esa manada de lobas.

–¿Manada de lobas? –rio él.

–El equipo editorial es lo más parecido que he visto. Y créeme, las leonas de África son más dulces que ellas.

–¿No habrán descubierto quién eres?

–Afortunadamente, no. Pero me odian de todas formas. Amanda Villiers, la redactora-jefa, no soporta que le hayan impuesto a una don nadie.

–Bueno, no te preocupes. Solo tendrás que soportarla durante unos días.

–Me van a parecer semanas –suspiró Tory–. Además de la hostilidad... ¿has intentado alguna vez hacerte pasar por quien no eres?

–La verdad es que sí –contestó Lucas–. Una vez me hice pasar por el hijo sordomudo de un cabrero en Afganistán.

–¿Lo dices en serio?

–Claro que sí. Estaba cubriendo el conflicto ruso-afgano y terminé en una situación que no era nada buena para la salud de un periodista americano.

Tory había olvidado su pasado como reportero y aquella era la primera vez que Lucas lo mencionaba.

–Muy bien, tú ganas. Admito que trabajar de incógnito en la revista *Toi* no es tan peligroso, pero no sé... No quiero estropearlo. La verdad es que no sé muy bien cuál es la labor de una editora y me temo que Amanda se va a dar cuenta enseguida. Es muy lista.

–Como espera que lo hagas mal, tampoco importa demasiado, ¿no?

–No quiero darle esa satisfacción a Amanda Villiers.

–Sí, he oído que es bastante perversa.

–¿Quién te lo ha dicho?

–Chuck. Supongo que hablamos de la misma mujer. Él la llama Mandy.

–¿En su cara? –preguntó Tory.

–Creo que sí. Una vez la invitó a comer y no me imagino a Chuck llamándola «señora Villiers».

–¿Una comida de trabajo?

–Supongo que sí –contestó Lucas–. ¿Es guapa?

–Pues... no sé. Era la mujer que salía detrás de mí.

–Ah, entonces, quizá no fuera una comida de trabajo –sonrió él–. A Chuck le gustan mucho las mujeres.

Aparentemente, Lucas admiraba a su padrastro por ello y Tory se quedó un poco sorprendida.

–¿No es demasiado...?

–¿Demasiado viejo? Sí, probablemente. Pero parece que a las mujeres no les importa. Chuck tiene mucho encanto y mucho dinero.

–¿Y a ti no te molesta?

Él lo pensó un momento y, después, se encogió de hombros.

–Chuck es suficientemente listo como para cuidar de sí mismo.

Eso no contestaba su pregunta.

–¿Y tu madre? ¿A ella tampoco le importa?

–Mi madre murió hace veinte años.

–Ah, lo siento –murmuró Tory.

–¿Por qué?

–Pues... por preguntar.

–No te preocupes. Esa es buena señal.

–¿Qué quieres decir?

–Que estás suficientemente interesada en mí como para hacer preguntas personales.

–Solo era por hablar de algo –protestó ella.

–Sí, claro –rio Lucas–. Pero, si quieres saberlo, tengo cuarenta y un años, soy viudo, no tengo hijos, mis padres han muerto, estoy sano, soy solvente económicamente y no tengo vicios raros.

Aquella autobiografía parecía un anuncio de contactos en el periódico y Tory lo miró, perpleja.

–Se te ha olvidado decir: «hombre de negocios desea conocer chica atractiva para pasar un buen rato».

Lucas soltó una carcajada.

–Ya conozco a una chica atractiva, gracias. Aunque no estoy seguro de que eso de «pasar un buen rato» le haga mucha gracia.

Se refería a ella, por supuesto. Al menos, Tory pensaba que así era. Pero no podía saberlo seguro a menos que preguntara y no pensaba hacerlo.

Cuando lo miró, vio que estaba sonriendo, como casi siempre.

–¿Sin comentarios?

–Dudo que yo sea de tu tipo –contestó ella.

–Ya veremos –replicó Lucas, sin dejar de sonreír–. Por el momento, vamos a tu hotel. Es el Balmoral, en la calle Kingscote.

Tory sacó de nuevo el mapa de la guantera y, unos minutos después, llegaban a una callejuela diminuta en el distrito centro.

–Ahí está.

El hotel no tenía muy buena pinta, pero ella no pensaba poner objeción alguna. Había vivido en sitios peores con su madre.

–No te molestes en salir –dijo entonces Lucas–. No vas a quedarte aquí.

–Seguramente el interior está mejor.

–¿Ves a ese tipo, el que sale del hotel? Yo diría que pertenece a la mafia rusa.

Tory había visto al hombre. Llevaba una chaqueta de cuero negro con el cuello subido y tenía aspecto patibulario, pero seguramente era un pacífico turista extranjero.

–Si lo fuera, tendría una historia estupenda para la revista *Toi*: *La mafia rusa planea robo de joyas en hotel londinense*.

–¿Debo recordarte que trabajas para Eastwich, no para la revista? ¿Y que si escribes un artículo sobre la mafia rusa, ellos no se contentan con quejarse a la comisión de prensa? Vámonos de aquí.

–¿Dónde? –preguntó Tory.

–Esta noche, puedes dormir en mi habitación –contestó él–. «Dormir», he dicho, no «compartir» –añadió, anticipándose a la protesta.

–¿Y tú qué harás?

–No te preocupes por mí. Voy a cenar con alguien y seguramente podré dormir en su casa esta noche.

¿Un hombre o una mujer? Cuando Tory pensó que podría ser una mujer, sintió una punzada de celos. Pero, ¿por qué?, se preguntó. Ella no quería saber nada de Lucas Ryecart.

Su sentido común le decía que no, pero eso no disminuía la atracción que sentía por él.

–De hecho, ahora que lo pienso, este amigo podría ayudarte. O, mejor dicho, su mujer.

«Su mujer». Tory sintió un repentino alivio, pero enseguida se lo negó a sí misma. En realidad, no había estado preocupada.

–¿En qué sentido?

–Ella trabajaba para una revista femenina antes de tener a los niños. Podría explicarte cuál es el trabajo de una editora.

–Me vendría muy bien –dijo Tory, que dudaba seriamente de su capacidad para engañar a nadie durante cuatro largos días.

–Entonces, te vienes a cenar.

–¿Y a tus amigos no les importará que vayas con una extraña?

–¿Por qué? A menos que empieces a meter la pata después de un par de copas de vino...

–No lo creo –sonrió Tory.

–Entonces, no pasa nada –dijo Lucas, parando el jeep frente a uno de los hoteles más caros de Londres–. Ya hemos llegado.

–Es un hotel precioso –murmuró ella.

Lucas abrió el maletero del coche y, después de indicarle al portero que sacara su bolsa de viaje y la maleta de Tory, le dio las llaves.

–Voy a dejar aquí el jeep –le dijo, cuando entraban en el vestíbulo–. Volveré a buscarlo por la mañana.

–Muy bien.

Tory se preguntó por qué le había dicho al portero que sacara también su bolsa de viaje. ¿Pensaba que podría persuadirla para dormir con ella en la habitación? Si era así, iba a llevarse un desengaño.

–Una reserva a nombre de Ryecart –dijo Lucas en recepción–. ¿Es posible extender la reserva de una a cuatro noches?

–Por supuesto, señor.

El encargado le dio la llave y Lucas se la entregó a ella.

–Será mejor que te quedes aquí los cuatro días. Así te ahorras la molestia de buscar otro sitio.

–Pero este hotel es demasiado... –Tory no terminó la frase. No quería decir «caro» delante de todo el mundo.

–Paga la cadena –dijo Lucas entonces, como si el dinero fuera irrelevante.

–Si tú lo dices.

Al fin y al cabo, él era el propietario de la cadena. Pero, ¿no había estado discutiendo sobre presupuestos con Álex aquella misma mañana?

–¿Por qué no subes a arreglarte un poco antes de ir a cenar? Yo tengo que hacer varias llamadas, así que nos reuniremos en el bar dentro de media hora.

Él no le dio oportunidad de protestar porque se alejó sin decir nada más. Tory se quedó sola con el botones, que amablemente le indicaba el camino hacia el ascensor.

La habitación era tan lujosa como era de esperar y, después de que el botones colocara las maletas y se fuera, propina en mano, se quedó un rato mirando desde la ventana. Después, aún preguntándose si debía o no ir a cenar con Lucas, se dio una ducha, se puso un vestido de color lila y pasó al menos veinte minutos intentado arreglar sus imposibles rizos.

No era una cita, desde luego. Era más bien una cena de trabajo. O eso era lo que se decía a sí misma mientras se colocaba un chal de color crema sobre los hombros.

El bar estaba lleno de gente y Tory lo vio en la barra, charlando con una morena de medidas espectaculares. Estaba considerando darse la vuelta cuando Lucas la vio. Después de hacerle un gesto a la morena, se acercó a ella, sonriendo.

–Estás muy guapa.

–Ya –murmuró Tory–. No hace falta que vayamos a cenar.

–¿Y qué te apetece hacer? –preguntó él, levantando una ceja.

La había interpretado mal y Tory señaló a la morena de la barra.

–Nada. Pero tú podrías dedicarte a algo más interesante.

Él sonrió, mientras la tomaba del brazo para salir del bar.

–No estarás celosa, ¿verdad?

–Ni remotamente –contestó ella.

–Qué pena. Pero no tienes por qué estar celosa. Las profesionales como ella no me dicen nada.

–¿Las mujeres en puestos ejecutivos son un reto demasiado agotador? –preguntó Tory, que no había entendido el término «profesionales».

Él la miró, desconcertado por un momento y después soltó una carcajada.

–Me parece que te has perdido. Cuando digo «profesional», me refiero a... bueno, por decirlo amablemente, a una dama de la noche.

–Una dama de... –Tory entendió por fin–. Esa chica... no puede ser.

Lucas asintió, sonriendo.

–Dame la llave de la habitación.

–¿Para qué?

–Necesito mi bolsa de viaje.

–Oh –murmuró ella. Tenía que dejar de reaccionar como si fuera una tonta, se dijo–. Toma.

–Bajaré enseguida.

Tory lo esperó en el vestíbulo y salieron del hotel cuando aún no se había hecho de noche.

El portero llamó a un taxi y, unos segundos después, estaban cómodamente sentados sobre el asiento de cuero.

–¿Te pidió dinero? –preguntó ella entonces, por curiosidad–. Me refiero a la mujer del bar.

–No directamente. La echarían del hotel si hiciera eso.

–Entonces, ¿cómo lo sabes?

–¿Crees que soy irresistible?

–¡No!

–Yo tampoco. Así que, cuando una morena impresionante se sienta a mi lado en un bar y me pregunta si quiero compañía, me imagino de qué va.

–Puede que le hubieras gustado –dijo Tory–. No eres tan feo.

–Ah, gracias. Pero no, no creo que haya sido amor a primera vista.

–¿Qué más te ha dicho?

–Me ha preguntado si estaba en Londres por asunto de negocios. Yo le he dicho que sí y ella me ha sugerido que, si estaba aburrido, podría hacerme compañía. Y entonces has llegado tú, al rescate.

–¿Y no te has sentido tentado, con lo guapa que era?

–Ni remotamente –repitió él sus palabras de antes–. Pagar a una mujer para que me diga lo estupendo que soy en la cama no me parece nada atractivo.

–Por favor...

Tory se puso colorada.

–Pero que te lo diga una mujer que te gusta... eso es muy diferente –le dijo Lucas al oído. Entonces fue Tory quien soltó una carcajada. Absolutamente falsa, desde luego–. ¿No crees que lo sea? ¿O esa risa es una invitación para que te lo pruebe?

No lo era, por supuesto, pero él levantó una mano y empezó a acariciar su mejilla.

La miró a los ojos durante tanto tiempo, que Tory pensó que eso era todo lo que iba a hacer. Y entonces la besó. Los labios del hombre apenas rozaron los suyos, mientras con una mano apartaba los rizos que enmarcaban su cara.

El beso terminó nada más empezar y Tory se sintió confusa. Y, sin saber por qué, irritada. Si Lucas Ryecart iba a besarla, debería hacerlo bien o dejarse de tonterías.

–Al beso siguió un ominoso silencio –empezó a decir

él entonces, como si estuviera escribiendo una novela–. Pero él se dijo a sí mismo que había tenido suerte. Al menos, su amada no lo había abofeteado.

–Aún –le advirtió Tory–. Y aún no sé si quiero ir a cenar contigo.

–Pues es demasiado tarde. Ya hemos llegado.

Habían llegado frente a una hermosa casa con jardín, en una de las mejores zonas residenciales de Londres. Sus amigos eran ricos, por supuesto.

–¿Saben que me has invitado a cenar? –preguntó Tory, mientras él pagaba el taxi.

–Caro sí. De hecho, está deseando contarte qué hace la editora de una revista femenina. Le apetece recordar viejos tiempos.

–¿A qué se dedica ahora?

–A cuidar de sus hijos.

–¿Cuántos años tienen?

–Los gemelos, tres. Además, tiene un niño de unos meses... ¿Te gustan los niños? –preguntó Lucas, mientras subían los escalones del porche.

–¿Fritos o cocidos?

Él soltó una carcajada.

–¿Lo dices en serio?

–Me gustan los niños –contestó Tory–. Mientras no sean míos.

–Yo solía ser de esa opinión. Pero un día te encuentras a ti mismo pensando que quizá no fuera tan malo tener hijos propios –dijo Lucas entonces. La admisión era tan inesperada, que Tory se preguntó si estaba hablando en serio–. Con la persona adecuada, por supuesto.

–Yo nunca tendré hijos.

–¿Cómo puedes estar tan segura?

–Porque sí –contestó ella.

Lo había dicho. Eso era suficiente.

Lucas sacudió la cabeza, como si no la creyera. Era su problema, pensó Tory.

Pero más tarde deseó habérselo contado todo.

Capítulo 7

LUCAS estudió a Tory durante unos segundos, muy serio.

–Ya verás cómo algún día cambias de opinión –dijo, antes de llamar al timbre.

Salió a abrir una mujer que llevaba un mandil sobre un vestido azul. Era un poco mayor que Tory y tenía el pelo rojo y la cara llena de pecas. Parecía apurada, pero su expresión cambió al ver a Lucas.

–Luc, qué alegría verte –lo saludó, abrazándolo. Después, miró a Tory–. Y tú debes de ser la futura editora.

–Encantada de conocerte, Caro.

–Lo mismo digo. Entrad, pero cuidado, no piséis los juguetes.

La joven los llevó hasta el cuarto de estar, ocupado casi completamente por un tren eléctrico.

–¡Niños, ha venido el tío Luc!

Dos figuritas vestidas con pijama salieron corriendo de la habitación para lanzarse a las piernas de Lucas. Sin dudarlo, él se inclinó y tomó a los niños en brazos.

–Vamos a jugar a los trenes –dijo uno de ellos.

–No, a hacer una tienda –demandó el otro.

–¡Una pelea de almohadas! –añadió el primero.

–Haz el columpio, tío Luc.

Y así siguieron, hablando sobre las interminables posibilidades que se abrían con la presencia de su tío.

–¡Niños! –exclamó su madre por fin–. El tío Luc ha venido a cenar. Y vosotros, a la cama.

Aquello despertó protestas de todo tipo.

–Ya habéis oído a vuestra madre –dijo Lucas, dejando a los dos niños en el suelo–. Pero si estáis en la cama cuando cuente hasta cinco, puede que os cuente una cosa aterradora que le pasó a mi amigo Bill cuando se perdió en la jungla.

–¿Una jungla de verdad?

–Una jungla de verdad.

Los ojos de los niños se abrieron de emoción antes de que Lucas empezara a contar:

–Uno, dos...

Los gemelos salieron corriendo por la escalera, tan rápidamente como se lo permitían sus cortas piernecillas.

–No tienes que hacerlo –rio Caro.

–Es que me apetece. ¿Te importa, Tory?

Ella negó con la cabeza.

–Así tú y yo podremos charlar un rato –sonrió Caro.

–Sobre la revista, espero –dijo Lucas.

–Por supuesto –rio Caro, fingiendo inocencia, aunque el brillo de sus ojos indicaba que él iba a ser parte de la conversación.

En ese momento, uno de los gemelos apareció al final de la escalera.

–¿Has terminado de contar hasta cinco, tío Luc?

–¡No grites! El niño está dormido –lo regañó su madre.

–Ya voy, Jack –dijo Lucas, subiendo las escaleras de dos en dos.

–No sé cómo lo hace, pero siempre sabe quién es cada uno –dijo Caro entonces, mirándolo con admiración–. Ni siquiera su abuela puede distinguirlos.

Tory tampoco habría podido. Los niños eran prácticamente idénticos.

–¿Los ve a menudo?

–Lo intenta –contestó Caro–. El pobre tiene tanto trabajo... Pero a los niños les encanta que venga el tío Luc. Es su padrino.

–¿Ah, sí?

–Sí, claro. Es el favorito de mis hijos. ¿Te importa si seguimos charlando en la cocina, mientras termino de preparar la cena?

–Si necesitas ayuda... No soy muy buena cocinera, pero puedo pelar patatas como cualquiera.

–Muchas gracias –sonrió la joven–. Pero solo tengo que terminar de aliñarlo todo y sacar el salmón del horno. Espero que te guste el salmón.

–Mucho más que la ensalada de pasta y el sándwich de atún, mis dos grandes logros culinarios.

–Venga, ya. No te creo. Yo solía vivir de sándwiches y yogur cuando era soltera. La vida siempre me parecía demasiado corta como para ponerme a cocinar –rio Caro.

–A mí me pasa lo mismo –sonrió Tory.

–Qué ironía. Yo escribía artículos sobre caviar y ostras y luego me comía una lata de judías en un apartamento en el que no cabíamos los platos y yo.

Tory soltó una carcajada.

Acababan de entrar en la cocina, grande y espaciosa, con electrodomésticos de primera línea, suelo de mármol y una enorme mesa de madera.

–Es preciosa.

–Dinero –sonrió Caro–. La familia de mi marido lo tiene.

–Ah, ya –Tory no estaba segura de cómo debía responder a tanta franqueza.

Caro se encogió de hombros, como si no tuviera importancia.

–Lucas me ha dicho que vas a entrar en el mundo de las publicaciones femeninas. Pobre de ti.

–Ya he tenido que sufrir la ceremonia de presentación –suspiró Tory.

Cuando le contó lo que había pasado en la reunión, Caro la miró con simpatía, pero no con sorpresa. Aparentemente, Amanda Villiers, era conocida por todo el mundo. Y querida por nadie.

Tory escuchó mientras Caro le hablaba sobre su experiencia en una revista similar. Obviamente, no podía enseñarle cómo debía hacer el trabajo porque eso requería años de experiencia, además de talento. Pero le dio indicaciones suficientes como para aparentar que sabía lo que estaba haciendo. Al menos, durante cuatro días.

–Lo harás muy bien –le dijo, para animarla–. Pero puedes llamarme cuando quieras para pedir consejo. Mientras no esté cambiando pañales...

–¿Cuándo dejaste de trabajar?

–El año pasado. Yo era una de esas madres que creían poder con todo, hasta que me di cuenta de que mis hijos estaban siempre solos.

–Hoy en día muchas mujeres deciden dejar su trabajo y dedicarse a los hijos –dijo Tory, comprensiva.

–Puedes hacerlo todo durante un tiempo –suspiró Caro–. Pero entonces tu nivel de energía ha bajado y el de tus hijos aumenta. Se han convertido en niños que hablan y lloran cuando tú te vas a trabajar, mientras que la niñera te informa de que quiere ver mundo y que piensa empezar a hacerlo al día siguiente. Y tú estás desesperada por tener otro niño cuando apenas puedes controlar a los que ya tienes, así que has de tomar una decisión. Yo creo que tuve suerte porque mi marido y yo no tenemos problemas económicos.

–Aun así, supongo que echas de menos trabajar fuera de casa –dijo Tory.

–A veces –admitió Caro, moviendo el contenido de una sartén–. Cuando los gemelos se ponen insoportables, el niño no deja de llorar y la niñera se ha puesto mala porque el día anterior ha estado de copas, lo echo de menos.

–¿Y cuando una extraña aparece de repente para cenar? –sonrió Tory, con gesto de disculpa.

–Eso no me importa.

–¿De verdad?

–Pues... la verdad es que no me hizo demasiada gracia. Pero porque creí que eras como el resto de sus novias.

—Yo no soy su novia. ¿Te ha dicho él...?

—No, no me ha dicho que lo fueras. Todo lo contrario.

—¿Todo lo contrario?

—Quiero decir que, en las pocas ocasiones en que Lucas ha traído a una chica a cenar, era una novia y suelen ser... digamos, de un cierto tipo.

Tory se dijo a sí misma que no estaba interesada, pero la curiosidad era más fuerte que ella.

—¿Qué tipo exactamente?

Caro vaciló un momento.

—Quizá esté hablando demasiado... Bueno, puede que sea yo, pero a mí me parece que tienen una actitud de superioridad. En general, suelen ser abogados, jueces o mujeres de negocios y siempre son inteligentes e ingeniosas. Y siempre guapísimas. Quizá por eso se sienten obligadas a hablar con los demás como si estuvieran subidas en un púlpito, como si una fuera la tonta del pueblo.

Tory soltó una carcajada.

—Conozco el tipo, pero supongo que no hablarán así con Lucas.

—¡No, con él no! Pero eso es lo peor. Con él son como cachorritas que lo miran con adoración, como si fueran la esposa de un político, ya sabes.

—A él seguramente le encanta.

—Luc nunca ha sido unególatra. Aunque supongo que los hombres tan guapos como él tienen el ego del tamaño de un planeta.

—Cierto —murmuró Tory.

—¿Te parece guapo?

—¿Qué?

—¿Que si Luc te parece guapo?

—Pues... no sé.

—¿Cómo que no? Es guapísimo —dijo Caro, como si aquel fuera un hecho indiscutible. Y lo era. ¿Para qué negarlo?—. A veces me pregunto si eso le sirve de protección.

—¿A qué te refieres?

–Me refiero a salir con ese tipo de mujeres. Su última novia... en fin, nadie se podría creer que Luc estaba enamorado de ella. Era guapa, lista, elegante. Pero fría e insoportable.

–¿Qué fue de ella?

–Se fue a trabajar a Norwich, pero no creo que ese fuera el verdadero problema. Al fin y al cabo, Norwich está a dos horas de Londres.

–Un poquito más –dijo Tory–. Venimos de allí.

–Da igual. Esa fue la excusa que Luc dio para cortar su relación y yo me pregunté si habría conocido a otra chica. ¿Hay alguna del tipo super inteligente, super guapa y super fría en Eastwich?

–No lo creo.

Ella, desde luego, no entraba en esa categoría. Medía un metro sesenta y cinco, no era super inteligente y no se creía altiva. Eso hizo que se preguntara si Lucas Ryecart estaría saliendo con otra mujer.

–En cualquier caso, yo tengo la teoría de que sale con mujeres de las que nunca podría enamorarse. Debe de pensar que es mejor no arriesgarse a perder un amor que estar enamorado de verdad.

–Yo siempre había pensado que es mejor lo contrario –dijo Tory.

–Lo es –asintió Caro–. Pero Luc ha amado y ha perdido y quizá no quiera volver a pasar por ello de nuevo.

–Ya veo.

Era cierto. Aunque Tory no estaba convencida del todo.

–Luc estuvo casado una vez y perdió a su mujer en un accidente –explicó Caro entonces.

–Lo sé.

–¿Te lo ha contado él?

–Me contó que era viudo.

Caro la miró, sorprendida.

–Normalmente, Luc no habla de ello. Solo con la familia.

¿La familia? Tory no entendía. ¿Qué familia?

–¿Lucas es pariente vuestro?

–Algo así. Su mujer era mi cuñada. O lo habría sido si... –la otra mujer no terminó la frase al ver la expresión de Tory–. ¿Te ocurre algo?

¿Cómo podía haber sido tan tonta? Estaba en casa de Charlie, de su ex prometido, el hermano de Jessica. Estaba hablando con la mujer de Charlie Wainwright, la chica con la que él la había reemplazado.

–Te has puesto pálida –dijo Caro, alarmada.

–Es... es que me duele muchísimo la cabeza –mintió Tory desesperadamente–. Pensé que estaba mejor, pero no es así. Me temo que tendré que volver al hotel.

Tory salió de la cocina y tomó el chal y el bolso del perchero. Caro la siguió.

–Espera, iré a buscar a Luc. Él...

–¡No! –exclamó Tory–. No hace falta, de verdad. Puedo tomar un taxi. Siento mucho haber estropeado la cena. Encantada de conocerte...

Siguió hablando hasta que estaba al lado de la puerta, a punto de escapar.

Caro no parecía muy contenta de dejarla ir en aquel estado y pareció aliviada cuando oyó el ruido de una llave en la cerradura.

–Es Charlie, mi marido. Él puede llevarte al hotel.

Tory no dijo nada, no hizo nada. Se sentía atrapada, como un conejo bajo los faros de un coche. Observó que se abría la puerta y miró al hombre que entraba, vestido con un traje de chaqueta.

Por un momento, casi pensó que se había equivocado, que no era Charlie. No era como lo recordaba. Cinco años mayor, había perdido parte de su encanto infantil y... mucho pelo. Su corazón latía con violencia, pero no de emoción. Ni siquiera cuando lo reconoció por fin.

Él miró a su mujer, que se había lanzado a explicarle la indisposición de su invitada. Y cuando la miró, las esperanzas de haber cambiado tanto que no la reconociera se desvanecieron.

Charlie estaba claramente conmocionado.

–Charlie, te presento a Tory, una amiga de Luc.

Él estaba en ese momento articulando su nombre, el nombre por el que la conocía: Vicki.

Cuando ella dijo «encantada de conocerte», como si fueran dos extraños, él hizo lo mismo.

–Lo siento, pero tengo que irme. No me encuentro bien.

Tory esperó que Charlie hiciera su papel, que se despidiera con un par de frases amables, pero simplemente se quedó allí, mirándola.

–Mi marido te llevará al hotel. ¿Verdad, Charlie?

La pobre Caro no se había percatado de lo que estaba pasando.

–Sí, por supuesto. Mi coche está fuera –dijo él entonces.

Caro los acompañó hasta el porche y Charlie abrió la puerta del coche para que ella entrase primero.

–Tienes que venir otra noche a cenar –se despidió Caro amablemente–. Para contarme qué tal te va en la revista.

–Gracias –sonrió Tory.

Le gustaba Caro, era una chica encantadora. Pero jamás podría volver a verla.

–No te preocupes. Yo le explicaré a Luc lo que ha pasado –dijo la joven cuando Charlie arrancaba el coche.

Tory consiguió decirle adiós con la mano y se sintió aliviada cuando se alejaron de la casa.

Pero Charlie paró unos minutos después y se volvió para mirarla, incrédulo.

–Lo siento –se disculpó Tory–. No tenía ni idea... Lucas no me dijo quién eras.

–¿Lucas? –repitió Charlie–. Ah, claro, entonces tú eres la ayudante de producción de Eastwich. Pero mi mujer te llamó por otro nombre.

–Tory –dijo ella–. Así me llamaba mi madre de pequeña. Empecé a usarlo cuando...

No terminó la frase. ¿Qué podía decir? ¿Cuando me dejaste?

Era cierto. Había decidido hacerse llamar Tory para reinventarse a sí misma, pero él había sido más el catalizador que la causa. Tory lo miraba y no sentía ni un gramo de pasión. Era extraño.

–¿Y tú no sabías quién era Lucas? –preguntó Charlie entonces.

–Lo supe cuando llegó a Eastwich. Pero no imaginaba quién era Caro, ni en casa de quién estábamos. Hace cinco minutos me di cuenta, por eso decidí marcharme.

–Ya –murmuró Charlie, absorbiendo la información sin dejar de mirarla–. No has cambiado en absoluto.

–No sé si eso es bueno.

Él permaneció muy serio.

–Sigues igual, como te he recordado siempre.

Tory no sintió ninguna satisfacción al escuchar una nota de tristeza en su voz. El pasado estaba muerto para ella.

–Tu mujer es encantadora –dijo, con sinceridad.

–Gracias –murmuró él, como si le hubiera hecho un cumplido sobre su nuevo coche–. Pero no eres tú.

Tory no podía ignorar el significado de aquella frase y tampoco podía ignorar el brillo en los ojos del hombre. Así la miraba cuando eran novios, cuando se había imaginado enamorada de él y Charlie de ella. Pero en aquel momento veía que todo había sido una ilusión.

–No, no lo es. Ella es la mujer que te ha dado los hijos que tanto deseabas.

El comentario dio en la diana.

–Eso es muy cruel.

–¿Cruel? Es un mundo cruel, Charlie.

–Te has vuelto dura, Vicki.

–La vida le hace eso a la gente.

–Sí... sí, es verdad. No tienes ni idea de cómo desearía...

–No –lo interrumpió ella.

—No sabes lo que voy a decir –dijo Charlie, tomando su mano.

Tory se soltó de un tirón.

—Creo que debo salir de este coche.

—Por favor, Vicki... –empezó a decir él–. Tienes que perdonarme.

Tory cerró la puerta y empezó a caminar por la acera, envolviéndose en el chal cuando el aire frío de la noche rozó sus hombros.

No miró hacia atrás. No salió corriendo. Charlie Wainwright no la asustaba. De hecho, no sentía nada en absoluto por él. Si acaso, compasión por su mujer.

Era una revelación. Durante años, se había preguntado si era por Charlie por lo que no había podido mantener una relación seria con ningún otro hombre. Siempre había pensado que quizá, solo quizá, siguiera amándolo. Y después de verlo... nada.

Ni siquiera seguía enfadada con él. Mientras caminaba por las calles de Kensington, en dirección al hotel, su rabia se dirigió contra otro hombre. Un hombre alto de ojos azules y pelo oscuro. Un americano con un negro sentido del humor.

¿De qué otra forma podía explicarse lo que había pasado? No podía ser una coincidencia.

¿Qué había sido entonces? ¿Un experimento para comprobar cómo reaccionaba al ver a su antiguo prometido?

Pues se lo había perdido por jugar al «tío contador de historias».

Era Caro por quien Tory sentía pena. Casada con un hombre que era un cobarde y engañada por otro al que creía tan leal a la familia como para hacerle padrino de sus hijos.

Nadie podía ser un verdadero amigo y orquestar aquella situación. Aunque el plan hubiera sido fastidiarla a ella, debería haber contado con el riesgo de hacerle daño a Caro. Lucas tendría que saber que eso era lo que iba a pasar. No era un idiota.

Estaba furiosa con él y esa furia la llevó rápidamente hasta el hotel. No había comido nada desde las dos y el paseo le abrió el apetito, pero le dolían los pies y decidió llamar al servicio de habitaciones.

Por un momento, consideró pedir lo más caro de la carta y cargarlo a la cuenta de Lucas Ryecart, pero al final se decidió por una ensalada, tortilla francesa y una botella de vino blanco para calmarse. Cenó mirando en la televisión un documental sobre maridos que engañan a sus mujeres. Una elección muy apropiada para aquella noche.

Estaba a punto de meterse en la cama cuando alguien llamó a la puerta. Pensando que era el servicio de habitaciones, Tory se envolvió en el albornoz, cortesía del carísimo hotel.

Cuando abrió la puerta y vio frente a ella a Lucas Ryecart, cerró de un portazo.

Después, ignoró los repetidos golpes y los gritos de «¡Tory, abre la puerta, tenemos que hablar!».

No quería hablar con él en absoluto. De hecho, ya había decidido que una carta de dimisión sería lo único que Lucas Ryecart iba a saber de ella.

–¡Tory! –volvió a llamarla él, intentando contener su ira–. No quiero hacer esto, pero no me dejas alternativa.

¿Hacer qué? Tory miró la puerta de madera maciza, esperando que no pensara tirarla abajo. Aunque le gustaría que lo intentase. Para que se rompiera un hombro, claro.

–¡Tory! –la llamó él de nuevo–. Muy bien, tú lo has querido.

Ella esperó para ver si era capaz de lanzarse contra la puerta, pero el golpe no llegó. Lo que sí llegó fue el clic de la tarjeta magnética que la abría. Un segundo después, Lucas Ryecart estaba en su habitación.

–¡Fuera de aquí!

–No me mires con esa cara de susto. No voy a matarte.

–¿Cómo has conseguido la tarjeta? –preguntó Tory, perpleja.

–Les dije que había perdido la mía –contestó él–. Y me la dieron porque la habitación sigue a mi nombre.

–¿Cómo has podido caer tan bajo?

–No te imaginas hasta dónde puedo llegar –dijo Lucas entonces, sarcástico.

–¿A qué has venido?

Él no parecía tener prisa.

–Podrías ofrecerme una copa.

–Y también podría llamar a Seguridad –replicó Tory.

–Podrías. Hazlo, si quieres –la retó Lucas, apoyándose en la puerta con los brazos cruzados.

–Estás seguro de que no voy a hacerlo –respondió ella, intentando parecer amenazante.

Lucas Ryecart no parecía impresionado.

–No. No creo que te gusten las escenas. Si fuera así, te habrías quedado en casa de los Wainwright.

–Siento mucho haberte privado de la diversión.

–¿Tú crees que me habría gustado presenciar ese encuentro? –preguntó él con el ceño fruncido.

–¿Por qué si no lo habrías preparado?

–Espera un momento. Yo no tenía ni idea de tu conexión con los Wainwright hasta que bajé y me encontré con un Charlie descompuesto.

–¿Esperas que me crea eso?

–He dejado de esperar nada de ti –replicó él–. Pero te estoy diciendo la verdad. Yo no sabía nada, igual que tú.

–Ya –murmuró Tory, incómoda. En realidad, ella sí sabía quién era.

Lucas debió de ver su gesto de culpabilidad porque los ojos azules se clavaron en los suyos.

–¿Tú sabías algo?

Tory se puso a la defensiva.

–No sabía en casa de quién estábamos hasta cinco minutos antes de que llegara Charlie.

–Pero tú conocías mi relación con los Wainwright.

–La conocía, sí. Desde el primer día.

–Ahora entiendo por qué me sonaba tu cara –dijo él

entonces, con expresión desconfiada–. He debido de ver alguna fotografía tuya, aunque supongo que habrás cambiado en... ¿cuánto, cinco años?

Ella asintió.

–Llevaba el pelo más largo y gafas. Luego, me puse lentillas.

–¿Por qué no me lo dijiste?

–¿Qué iba a decir? ¿Que una vez estuve prometida con el hermano de tu mujer? No es fácil presentarse así a tu nuevo jefe.

–Has tenido muchas oportunidades desde entonces... ¿De verdad crees que te habría llevado a casa de Charlie si lo hubiera sabido?

Parecía sincero y Tory pensó que quizá lo había juzgado mal, pero en lugar de disculparse, se encogió de hombros.

Había hecho aquel gesto para fastidiarlo. Y lo consiguió. Por fin, Lucas se apartó de la puerta y dio un paso hacia ella.

Malinterpretando su propósito, Tory dio un paso atrás y... se sintió como una tonta cuando él abrió el mini-bar.

–Relájate. En este momento, lo único que necesito es una copa.

Si quería tranquilizarla, no lo había conseguido. Los ojos del hombre se clavaron en ella, como sugiriendo que quizá después querría algo más.

–Estás en tu casa –dijo, irónica.

–¿Tú quieres algo? Hay whisky, ginebra, vodka...

–No, gracias –dijo Tory, que había tomado un par de copas de vino.

Lo observó mientras se servía un par de botellitas de whisky en un vaso con hielo y se dejaba caer después sobre uno de los sillones.

–¿Qué pasó entre Charlie y tú? –preguntó él entonces, como si su interés fuera puramente casual.

–¿Esta noche?

–No, me refiero a qué pasó hace cinco años.

Tory podría decirle que se metiera en sus asuntos, pero eso sería darle demasiada importancia. Y no era importante. Ya no lo era.

–Nos conocimos en la universidad. Empezamos a salir juntos y nos prometimos. Poco después, tomamos la decisión de romper.

–¿Quién de los dos?

–¿Quién de los dos qué?

–¿Quién rompió el compromiso?

Los dos. Esa era la verdad.

Tory había tenido dudas desde el principio, pero intentó ignorarlas y se dejó atrapar por el ímpetu de aquel chico que parecía tan enamorado de ella.

–Charlie –contestó por fin.

–No es eso lo que me han dicho –replicó Lucas. No la sorprendía. Fue Charlie quien decidió romper el compromiso, pero ella le dijo que podía contar lo que quisiera a su familia–. Yo he oído que el compromiso se rompió de repente y Charlie se quedó destrozado. No parece que fuera él quien decidió romper, ¿no?

–¿Quién te lo contó? ¿Su madre?

–Creo que sí. Charlie le dijo que había descubierto algo que hacía imposible seguir adelante con el compromiso.

Eso era cierto y debería alegrarse de que Charlie hubiera sido discreto, aunque era cuestionable si su intención había sido salvar su reputación o la de ella.

–Seguro que su madre no podía contener la alegría –dijo Tory, sabiendo que a Diana Wainwright nunca le había parecido suficiente para su querido hijo.

Lucas levantó una ceja.

–La verdad es que ella pensaba que no eras la esposa apropiada para Charlie.

–Yo no era de su clase –sonrió Tory, imitando el acento cursi de Diana.

–Sí, lo sé, Diana Wainwright era clasista, pero estaba muy preocupada por el dolor que le habías causado a su hijo.

Había una nota acusatoria en su voz. Aparentemente, había decidido que ella era una rompecorazones. Algo completamente injusto.

–Pues se equivocó. ¿Cuánto tiempo tardó Charlie en casarse? ¿Un año?

–¿Y qué habrías querido, que se quedara llorando por ti toda la vida? ¿O que te suplicara que volvieras con él?

–Yo no quería eso –contestó Tory.

–¿No?

–¡No! –exclamó ella, irritada.

–Eso espero –murmuró Lucas.

–¿Y qué importa ya? Pertenece al pasado.

–¿Seguro?

¿Por qué la miraba de aquella forma?

–Por supuesto que sí. No he visto a Charlie en cinco años.

–Pero lo has visto esta noche –le recordó él–. Y él te ha visto a ti.

¿Qué estaba insinuando? Obviamente, insinuaba algo, pero Tory se había perdido.

–Sí.

–¿Y?

–Y nada –contestó ella.

–¿Te llevó en su coche, os disteis la mano como dos ingleses bien educados y eso fue todo? –preguntó Lucas, irónico.

Tory se puso colorada. Aunque él no podía saber lo que había pasado y estaba segura de que Charlie no habría dicho nada.

–Algo parecido –murmuró por fin.

Era la respuesta equivocada, evidentemente, porque él se tomó el whisky de un trago y después se dirigió hacia la puerta.

Tory debería alegrarse al ver que se marchaba, pero sin darse cuenta dio un paso hacia él.

–No ocurrió nada entre nosotros.

Lucas se dio la vuelta.

–¿No ocurrió nada?

–Claro que no.

–Mentirosa –dijo él entonces, tomándola del brazo–. He estado cenando con un hombre que estaba tan pálido como si hubiera visto un fantasma y me he pasado la noche intentando distraer a su mujer para que no se diera cuenta. Y después, cuando Caro se fue a la cocina, tuve que escuchar cómo Charlie me hablaba sobre el «amor de su vida».

Y la culpaba a ella. Estaba segura.

–No estoy interesada en Charlie Wainwright.

–Entonces, ¿para qué coqueteas con él? ¿Para vengarte?

–¿Coquetear con él? –repitió Tory, desconcertada–. ¿Es eso lo que te ha contado?

–No ha hecho falta. Era obvio por su comportamiento. ¿Es que no te importa que tenga mujer e hijos? –la acusó. Tory sacudió la cabeza, incrédula. Pero Lucas había decidido pensar lo peor–. Evidentemente, no. Pero te lo advierto, acércate a Charlie y me encargaré de que lo lamentes.

–¿De verdad? –exclamó ella, furiosa–. ¿Y cómo va a hacerlo, señor Ryecart? Déjeme adivinarlo... va a despedirme. Pues lo siento, no puede hacerlo porque dimito. A partir de este momento.

Aquello lo tomó por sorpresa. Quizá hubiera imaginado que era solo él quien podía tomar decisiones.

–¡No puedes dimitir!

–¿Ah, no? –sonrió Tory, intentando soltar su brazo, pero era imposible.

–Tienes un contrato con Eastwich. Y pensé que podías separar la vida personal de la profesional.

–Claro que puedo.

–Este asunto no tiene nada que ver con el trabajo y sí con Caro y sus tres hijos. ¿De verdad quieres arruinarles la vida solo porque Charlie no tuvo valor para casarse contigo?

Por supuesto que no. Aquella idea jamás se le pasaría por la cabeza, pero que él lo creyera la sacaba de quicio.

–¿Por qué no? Tú no esperas nada bueno de mí, ¿no? Te imaginas que me acuesto con cualquiera... con cualquiera menos contigo, claro.

–¿Crees que quiero acostarme contigo ahora?

Su tono decía que no quería ni tocarla, pero sus ojos decían otra cosa.

–Sí, creo que sí.

–Entonces, vamos a comprobarlo.

Ella intentó apartarse en el último momento, pero era demasiado tarde. Lucas la atrajo hacia sí con fuerza, buscando su boca. Tory habría querido resistirse, pero había olvidado lo que era ser besada por aquel hombre. Sus labios se movían sobre los suyos, duros y posesivos, abriéndolos con su lengua, dejándola sin aliento.

–Lucas...

–Tienes razón –murmuró él entonces sobre su boca–. Sigo deseándote.

Fue lo último que dijeron, el último pensamiento consciente antes de que el deseo se impusiera sobre la razón.

Después, Tory intentó decirse a sí misma que los dos habían bebido demasiado. Luego, intentó pensar que la había seducido, pero no era cierto.

Él había deslizado una mano dentro de su albornoz, apartándolo, buscando su piel, buscando sus pechos, acariciándola con la boca hasta que ella le suplicó que chupara sus endurecidos pezones... Había desesperación cuando cayeron sobre la cama y Tory lo guió hasta la parte de ella que estaba ya húmeda y lo dejó acariciarla, profunda e íntimamente hasta que el deseo la golpeó como un rayo y se arqueó hacia él.

Ella estaba desnuda, él vestido. Juntos, con dedos temblorosos desabrocharon la cremallera del pantalón y juntos se unieron con mutuo apasionamiento.

Una primera embestida y la llenó completamente.

Tory gimió hasta que la boca del hombre cubrió la suya, en un beso que era como una droga.

Después, lentamente, empezó a moverse dentro de ella y su cuerpo se abrió como si lo conociera de siempre. Se agarró a sus hombros, jadeando, apretándolo dentro de ella mientras terminaban juntos sintiendo un placer salvaje.

Cayeron de espaldas sobre la cama, perdidos por un momento, experimentando una intensa satisfacción... Y después, poco a poco, volvieron a la realidad.

Tory se quedó paralizada en aquellos primeros momentos de consciencia, preguntándose qué había pasado. Nunca había hecho el amor así, de una forma tan primitiva.

El instinto le decía que saliera corriendo. Pero no tenía sitio donde ir, así que se levantó y se puso el albornoz, en silencio.

Lucas no parecía sorprendido por su reacción. Parecía más bien perplejo por lo que había ocurrido entre ellos.

Él también se levantó y empezó a meterse la camisa dentro del pantalón. Consideraba que le debía una disculpa, pero no habría sido sincera. No lamentaba lo que había pasado.

Su rígida postura, sin embargo, le decía que la guerra fría continuaba.

–¿Quieres que me vaya? –preguntó, conteniendo el deseo de tomarla en sus brazos.

–Sí –contestó ella, sin volverse.

–Muy bien.

Tory no pensaba que fuera a marcharse sin decir una palabra y se quedó desconcertada al escuchar el ruido de la puerta.

Cuando se volvió, estaba sola en la habitación. Lucas se había ido.

Capítulo 8

TORY se despertó, esperando que todo hubiera sido un sueño, pero sus ojos se encontraron con el vaso de whisky. Aquella señal de la presencia de Lucas en su habitación era un vívido recuerdo de lo que había pasado por la noche.

Se preguntó cómo podría volver a mirarlo a la cara. Lo más fácil sería no hacerlo, se dijo. Podría llevar a cabo su amenaza y dejar su trabajo. A la luz del día se daba cuenta, sin embargo, de que eso dañaría su carrera, además de su economía.

Existía la razonable posibilidad de que Lucas hubiera dejado de ser un problema. La había perseguido desde el día en que se conocieron, pero después de haberla tenido, era posible que hubiera perdido interés en ella.

Más animada, se levantó de la cama y se duchó para empezar su primer día como editora de la revista *Toi*.

Aunque el día anterior estuvo nerviosa, aquel día todo le parecía diferente. Inmediatamente preparó una reunión con sus tres ayudantes, escuchando mientras ellas le explicaban qué temas iban a tratarse en el próximo número antes de hacer comentarios y sugerir ideas para los artículos. Les dejó claro que tendrían cierto grado de autonomía y dos de las chicas parecieron encantadas de tenerla como jefa. La tercera era Sam Hollier, que llevaba tiempo en la revista y era la más hostil. Pero no se había rebelado descaradamente y Tory pensó que podría manejarla.

Era de Amanda Villiers de quien tenía miedo, pero afortunadamente no apareció por allí.

De modo que sobrevivió aquel día con su credibilidad intacta. Volvió al hotel con desgana. Había estado tan ocupada durante todo el día, que no tuvo tiempo de pensar en Lucas Ryecart, pero una vez de vuelta en su habitación fuera incapaz de olvidar lo que había ocurrido allí la noche anterior.

Estaba pensando en buscar algo con lo que distraerse cuando la llamaron de recepción. Caro Wainwright había ido a visitarla.

Tory pensó que sería una visita de cortesía. Quizá Caro quisiera darle algún consejo profesional que no había podido darle la noche anterior. Aunque era una chica muy agradable, Tory sabía que cualquier relación con ella era impensable. Pero negarse a verla despertaría sospechas.

De modo que decidió bajar y hacer lo posible por comportarse con normalidad. Después de saludar a Caro con una sonrisa, no escondió su sorpresa al verla vestida con ropa deportiva.

—Es que pensaba ir al gimnasio —le explicó ella—. Pero en el último momento, decidí venir... para ver cómo estabas.

—Estoy mucho mejor.

—Me alegro.

Después de eso, se quedaron en silencio durante unos segundos.

—Podríamos tomar algo en el bar —sugirió Tory.

Caro asintió, un poco insegura.

—Es que llevo ropa de deporte.

Tory observó a un grupo de jóvenes que salía del bar en ese momento. Todos llevaban vaqueros y zapatillas de deporte. Carísimas, pero zapatillas de deporte.

—Parece que no importa.

—¿No son los miembros de una banda de rock?

—Probablemente.

Una vez en el bar, pidieron dos copas y Tory intentó contener los nervios. Aparentemente, a Caro le pasaba lo mismo porque tomó un buen trago de su gin-tonic, como para darse valor.

—No estoy muy segura de lo que voy a decirte. He conseguido reunir coraje para venir aquí, pero ahora...

—Sabes quien soy, ¿verdad? —preguntó Tory. Caro asintió con la cabeza—. ¿Te lo contó Lucas?

—Se lo pregunté yo. Pero no anoche —suspiró la joven—. Me di cuenta de que pasaba algo raro durante la cena porque Charlie se comportaba de forma extraña, pero pensé que tenía algo que ver con el trabajo. Después, cuando yo estaba preparando el café, Luc dijo que tenía que marcharse y Charlie empezó a protestar porque, según él, iba a pasar la noche contigo. Yo no entendí por qué eso lo molestaba tanto.

—No ha pasado la noche conmigo —dijo Tory.

—No, lo sé. Luc me ha contado que se quedó con Chuck, su padrastro.

De modo que era allí donde había ido. Tory se imaginó a los dos hombres juntos, discutiendo la última adquisición de Lucas... ¡ella!

—Bueno, el caso es que Charlie pensaba que estaba contigo y yo, la verdad, también. Hice una broma al respecto, algo como que Luc había encontrado la horma de su zapato, y mi marido se puso histérico. Intentó hacerme creer que era por el recuerdo de su hermana, aunque siempre ha admirado a Luc por su éxito con las mujeres... Yo tardé un rato en darme cuenta de que era por sí mismo y no por su hermana por lo que... —Caro dejó la frase sin terminar y Tory vio el dolor en su rostro.

Habría querido decir algo para consolarla, pero no sabía qué. No quería empeorar las cosas.

—Charlie te dijo quién era yo.

Caro negó con la cabeza.

—Lo imaginé después. Recordé tu reacción al oír el nombre de mi marido, tu repentino dolor de cabeza... Era obvio que os conocíais. Fui una estúpida por no darme cuenta antes.

–La estúpida fui yo por no darme cuenta de quién eras –dijo Tory entonces–. Si lo hubiera sabido, jamás habría ido a tu casa.

–Es demasiado tarde –suspiró Caro entonces–. La cuestión es qué hacer ahora.

–No te entiendo.

–Mira, sé que Charlie te ha llamado. Le oí esta mañana preguntando por Victoria Lloyd. Eres tú, ¿no?

–Yo no he recibido ninguna llamada.

–Puede que no estuvieras en el hotel, pero eso da igual. El problema es que te ha llamado.

–Quizá llamaba para pedir disculpas. Anoche fue un poco... grosero conmigo.

–¿Grosero? –repitió Caro, sorprendida.

Tory tuvo que pensar con rapidez para no contar lo que había ocurrido en realidad.

–Me dijo que... me había vuelto dura –fue lo primero que se le ocurrió. Y era cierto–. Tiene gracia. Sabes que fue él quien me dejó, ¿verdad?

–Yo... nunca supe lo que había pasado entre vosotros.

–Charlie no estaba preparado para el matrimonio. Eso es lo que me dijo, pero era mentira, por supuesto. Porque sí estaba preparado para comprometerse unos meses después, cuando te conoció a ti.

–Sí, supongo que sí –dijo Caro entonces.

–Pues eso es lo que pasó –suspiró Tory, tomando su copa.

La mujer de Charlie no parecía saber qué hacer. Había ido allí seguramente para convencerla de que no volviera a ver a su marido y parecía sorprendida de que todo fuera a resolverse tan fácilmente.

–Los celos vuelven loca a la gente. Pensé que mi marido y tú... Ojalá hubiera escuchado a Luc.

–¿Lucas? ¿Qué te ha dicho?

–Yo... –Caro dudó un momento, como si no atreviera a dar otro paso en falso–. Me dijo que no estabas interesada en Charlie, que te gustaba otro hombre.

–¿Cuándo te ha dicho eso?

–Esta mañana, cuando lo llamé al móvil para hablarle sobre mis tontas sospechas.

Tory empezaba a tener sus propias sospechas. Había pensado que lo que había ocurrido entre ellos la noche anterior había sido un impulso, pero empezaba a pensar que Lucas lo tenía planeado.

¿Y si lo era? ¿Y si se había acostado con ella para desacreditarla ante los ojos de Charlie?

–Me dijo que hablaría con mi marido –siguió Caro entonces–. Aunque estaba convencido de que yo estaba equivocada. Y así es. Me siento como una imbécil.

–Pues ya somos dos –murmuró Tory.

–¿Dos?

Tory sacudió la cabeza. Caro nunca creería que Lucas Ryecart se había portado como un canalla con ella.

–Llevo todo el día portándome como una tonta –dijo, para salir del paso.

–¡La revista! Ah, claro. ¿Cómo te ha ido?

–Mejor no te lo cuento –suspiró Tory, mirando al cielo. Las dos mujeres intercambiaron una sonrisa.

Fue una reacción espontánea, pero las sonrisas pronto desaparecieron. En otras circunstancias, podrían haber sido amigas, pero ninguna de las dos quería arriesgarse.

Así que terminaron sus copas, se dieron la mano y se separaron en el vestíbulo.

Tory fue a recepción a preguntar si tenía algún mensaje y el portero le dio varias notas.

Había cuatro mensajes, tres de Charlie, el último pidiéndole que lo llamara al móvil. Podría haberlo ignorado, pero pensó que lo mejor sería contestar. Lo antes posible, además.

De vuelta en la habitación, marcó el número del móvil y, cuando Charlie contestó, no le dio oportunidad de abrir la boca. Le dijo que no entendía para qué la llamaba, que no tenían nada que decirse y que no volviera a llamarla nunca más. Que si seguía haciéndolo, tendría

que contárselo a su novio, que era jugador de rugby y tenía muy mal genio.

–¿Me estás amenazando? –preguntó Charlie entonces.

–Sí –contestó Tory con firmeza.

Después de eso, colgó sin decir una palabra más.
Hasta ese momento, nunca había sabido que pudiera ser
tan dura. Y le gustaba. De hecho, le parecía muy libera-
dor decirle a alguien exactamente lo que pensaba.

Tory miró el último mensaje. Lo había leído antes de
llamar a Charlie. Era muy breve: *Llámame. Es importante. Lucas.*

Nadie podría imaginar que eran amantes. Corrección:
habían sido amantes por una noche.

Tory volvió a tomar el teléfono, pero se dio cuenta de
que había derrochado toda su rabia con Charlie y Lucas
no sería tan fácil de manejar como él. Sería mejor dejarlo
esperando.

El silencio era la mejor forma de desprecio y Tory se
limitó a romper el mensaje en mil pedazos.

Sabía que no podría ignorar a Lucas para siempre, pero
por el momento lo dejaría cociéndose en su propia salsa.

Cuando su móvil sonó al día siguiente y comprobó que
no conocía el número, Tory lo apagó sin contestar. Y cuando Lucas llamó al teléfono de la revista, ella estaba en
«una reunión» por la mañana y «fuera de la oficina» por la
tarde; mentiras que la recepcionista contó, encantada. La
había dejado su novio recientemente y Liz no necesitaba
mucha persuasión para vengarse de cualquier hombre.

Sin embargo, aceptó una llamada de Alex.

Aparentemente, Rita, su mujer, por fin había aceptado que fuera a Escocia para visitar a sus hijos y Alex esperaba ir aquel fin de semana... El problema era que seguía sin encontrar apartamento.

Tory entendió por dónde iba y le dijo que podía quedarse una semana más, pero con la condición de que fuera a Escocia a ver a sus hijos.

Alex le aseguró que lo haría. De hecho, le confió que

intentaría recuperar el amor de su mujer. Tory pensaba que tenía más posibilidades de ganar el maratón en los juegos olímpicos, pero no dijo nada.

—Por cierto, tienes que llamar a Ryecart —le dijo entonces su jefe—. Parece que hay nuevos acontecimientos que te conciernen. Le dije que te daría el mensaje, pero no parece confiar en mí.

—Ya, claro.

Tampoco confiaba en ella.

Tory se preguntó cuáles serían esos «nuevos acontecimientos». ¿Sería una cuestión de trabajo o el asunto de Charlie? Si estuviera segura de que era lo último, ignoraría el decreto de ponerse en contacto con él, pero si era una cuestión de trabajo... ¿y si alguien se había enterado de que era una impostora?

Al final del día seguía deliberando y se marchó de la oficina sin llamarlo. Volvió al hotel y llamó al servicio de habitaciones para pedir la cena.

Acababa de terminar cuando llamaron de recepción para indicarle que tenía una llamada de Alex Simpson.

—¿Qué pasa ahora, Alex? —preguntó, impaciente.

—¿Es así como le hablas a tu jefe? —escuchó una voz que no era la de Alex.

—¡Tú!

—Sí, yo —dijo Lucas—. ¡No cuelgues! Si lo haces, seguiré llamando toda la noche.

—Diré que no me pasen llamadas —replicó ella.

—¿Las mías o las de Alex?

—Yo... las llamadas de cualquiera que tenga acento americano.

—Puedo hacerme pasar por inglés. Se me dan muy bien los acentos.

—No lo creo. Tu acento americano es demasiado reconocible —dijo Tory.

—¿Tú crees?

—¿Qué quieres, Lucas?

—¿Por qué no empezamos por pedir disculpas?

–¡Disculpas!

–Quiero decir, que debo disculparme –explicó él.

–Ah.

–No debería haber dicho esas cosas sobre Charlie y tú.

–¿Nada más?

–Pues... no –dijo Lucas. El silencio de Tory le confirmó que esperaba algo más–. ¿Quieres que firme la disculpa con mi propia sangre? –preguntó, burlón.

–Eso no estaría mal.

–Mira, me disculparía por lo otro, pero sería mentira. No lamento que hiciéramos el amor. De hecho, me gustaría volver a hacerlo, aunque la próxima vez con más tranquilidad.

–¿Y hacer fotografías para Charlie, por ejemplo? –sugirió, irritada.

–¿Qué?

–Esa es la idea, ¿no? Desacreditarme.

–¿Qué? –repitió él, incrédulo–. ¿Crees que me acosté contigo para contárselo a Charlie?

–No sé qué esperar.

–No le he dicho una palabra a Charlie –dijo Lucas entonces–. No es a mí a quien ha estado llamando.

–Eso no es culpa mía –replicó Tory–. Y, para tu información, le he dicho a Charlie que no quiero que vuelva a llamarme nunca más. Compruébalo, si no me crees. Y también le he dicho a Caro que no tengo nada que ver con su marido.

–¿Has llamado a Caro?

–Ella ha venido a verme al hotel.

–Le dije que no lo hiciera –suspiró Lucas–. ¿Qué le has dicho?

–¿Por qué no se lo preguntas a Caro?

–Lo haré.

Claramente, no confiaba en ella.

–Bueno, si eso es todo lo que querías decirme...

–Nos veremos el viernes para que me cuentes cómo va tu trabajo.

–El viernes me marcho al circuito de Derbyshire.

–Lo sé –dijo él.

Si lo sabía, ¿por qué decía que iban a verse?

–¿Qué tal en la revista, por cierto?

–Más fácil de lo que esperaba. Y más interesante.

–Entonces, ¿no estás pensando en desertar?

–No lo estaba, pero ahora que lo mencionas...

–¿Te llevas bien con esas brujas? –rio Lucas.

–¿Crees que son peores que Simon y Alex? –preguntó Tory, irónica. Después, se dio cuenta de que hablaba con el propietario de la cadena–. Lo he dicho de broma –añadió rápidamente.

–No vas a descubrirme nada nuevo sobre ellos –dijo él–. Y en cuanto a lo otro... yo no voy a contarle a nadie lo que pasó la otra noche, te lo aseguro.

Tory se alegraba. No quería que nadie supiera que se había acostado con el jefe, una mala reputación que podría perseguirla durante toda su carrera profesional.

–Gracias –dijo simplemente.

–Solo es asunto nuestro.

–Muy bien –murmuró ella.

Los dos se quedaron en silencio durante un momento, como si acabaran de firmar un pacto.

–De hecho, la próxima vez que nos veamos, será mejor aparentar que no nos conocemos.

–Yo... –empezó a decir Tory. Había esperado que él le pidiera otra cita y se sintió herida–. Buena idea.

–Créeme, lo es –replicó él, su tono críptico–. Estaré pensando en ti hasta entonces.

Tory se quedó con el teléfono en la mano, perpleja. Quería que aparentasen que no se conocían, pero iba a pensar en ella... No tenía sentido.

O quizá sí. Ella también quería olvidar lo que había pasado. No quería meterse en la cama, noche tras noche, recordando sus besos, sus caricias, cómo habían hecho el amor... Pero así era.

Capítulo 9

SERÁ una broma! –exclamó Amanda Villiers, mirando la carretera de tierra.

El coordinador de las actividades acababa de anunciar que tendrían que ir andando el resto del camino, cada uno con sus maletas.

Tory no fue la única que tuvo que esconder una sonrisa al ver cómo bajaban las elegantes maletas del autocar. Les habían dicho que fueran ligeras de equipaje, pero Amanda decidió ignorar las instrucciones.

–¿Está muy lejos de aquí? –preguntó alguien.

–No muy lejos –contestó el conductor–. Tres kilómetros.

–¡Tres kilómetros! –exclamó Amanda, horrorizada–. Yo no puedo cargar con estas maletas durante tres kilómetros.

–No –sonrió el coordinador, pero no dijo nada más.

En lugar de seguir con el tema, empezó a explicar que deberían empezar la marcha cada uno con un miembro de la otra revista y que saldría a intervalos de tres minutos.

Amanda se volvió hacia Tory.

–Tendrás que llevar una de mis maletas.

Si se lo hubiera pedido por favor, se lo habría pensado, pero con esa actitud y después de soportarla durante varios días en la revista, Tory no tenía ninguna intención de echarle una mano.

–No, gracias. No deberías haber traído tanto equipaje.

–¿Qué? –Amanda obviamente no daba crédito.

–¿No leíste el folleto? –preguntó Tory, disfrutando de la rebelión.

En ese momento, la nombraron para empezar la marcha y Tory dejó a Amanda echando humo.

La persona que sería su pareja era un hombre, Richard Lake, editor de la revista *Vitalis*. Era el mismo trabajo que ella hacía en *Toi* y mientras caminaban él empezó a interrogarla sobre su trabajo en la publicación rival. Cuando le dijo que solo llevaba unos días en la revista, él la miró, sorprendido.

–¿Te han contratado precisamente ahora? En *Vitalis* nos han dicho que aguantemos con lo que hay hasta el día de la fusión.

–Entonces, lo sabéis –dijo Tory tontamente.

–No era definitivo, pero está claro que tú sí lo sabías.

–Sí, bueno... La gente especula –empezó a decir Tory, percatándose de su indiscreción.

El hombre empezó a caminar más aprisa, con cara de enfado, pensando quizá que iba a quitarle el puesto.

Tory se dio cuenta de que aquel fin de semana iba a ser muy tenso si todo el mundo estaba tan histérico. Imaginaba que eso sería estupendo para el documental, aunque empezaba a tener sus dudas sobre la ética de espiar a la gente.

Pero no estaban engañando a nadie. En el folleto decía que parte del fin de semana sería grabado en vídeo y, cuando habían bajado del autocar, se habían encontrado con un empleado del centro, cámara en mano.

Estaba casi convencida de que la cámara había apuntado directamente a Amanda, pero dudaba que ella hubiera prestado mucha atención. Si hubiera sido así, no se habría portado como una niña caprichosa.

Se preguntó si Amanda Villiers sobreviviría a la marcha de tres kilómetros. No era un terreno muy difícil, pero para una persona poco acostumbrada al ejercicio y que, además, iba cargada de maletas, podía ser terrible.

Richard, el compañero de Tory, empezaba a mostrar

signos de cansancio. Ella, por otro lado, estaba un poco más preparada debido a sus clases de aerobic y al wind-surf.

–Vamos a parar un momento –sugirió Richard cuando llegaron a un puente de madera.

–¿Por qué no? –sonrió Tory–. ¿Botas nuevas?

Richard se estaba desabrochando las botas y levantó la mirada, como para comprobar si estaba riéndose de él.

–Completamente nuevas. Las compré ayer –confesó, con un suspiro–. ¿Tú sueles ir de marcha? –preguntó después, mirando las gastadas botas de Tory.

–El año pasado estuve de vacaciones en el campo con un amigo.

–Yo soy un hombre de ciudad... –empezó a decir él, quitándose una bota.

–No lo hagas. Después, no podrás volver a ponértela –le advirtió Tory.

–Supongo que tienes razón. Será mejor seguir andando. Si quieres, puedes marcar el paso.

–Claro –dijo ella, cruzando el puente y mirando con precaución el ganado que andaba suelto por el campo.

Cuando llegaron al centro, un edificio de tres plantas, se alegró por Richard, que iba cojeando. En la puerta estaban los dos autocares que habían llevado al grupo desde Londres y un comité de recepción uniformado.

Tory se quedó boquiabierta al ver a Lucas.

–Me llamo Luc –se presentó a sí mismo, como habían hecho los demás–. Soy un observador del centro.

–Encantado –dijo Richard.

Tory no consiguió decir nada, pero su corazón latía con tal fuerza, que pensó que todo el mundo oía sus latidos. Además de la conmoción, sentía un enorme placer al verlo de nuevo. Aparentemente, no estaba curada del todo.

–Hablaremos más tarde –sonrió Lucas entonces.

El comentario iba dirigido a los dos, pero sus ojos estaban clavados en Tory, como dándole un mensaje secreto.

Tory siguió a la mujer que iba a mostrarles el centro como un autómata, asintiendo mientras ella les explicaba dónde estaban el comedor, la lavandería y los dormitorios.

Le habían asignado la litera de abajo en una habitación de seis y Tory se dejó caer en ella en cuanto Richard desapareció. Con las manos detrás de la cabeza, intentaba calmarse tras la aparición de Lucas.

¿Por qué no le había dicho que él iba a ir? La respuesta era obvia. No confiaba en ella. Ni siquiera en el ámbito profesional. Le había dado un proyecto que le gustaba, pero no confiaba en que fuera capaz de llevarlo a cabo. Se sentía dolida y ofendida.

–¿Te encuentras bien? –oyó una voz femenina.

Era una de las integrantes del grupo, la segunda en llegar al centro.

–Sí, estoy bien –dijo Tory, levantándose para deshacer su mochila.

–Yo no –dijo la mujer–. ¡Menuda marcha! Soy Mel, por cierto.

–Yo me llamo Tory.

–Supongo que eres de la revista *Toi* –sonrió la joven.

–Editora –dijo Tory. Lo había dicho tantas veces que casi había acabado por creerlo ella misma.

–Yo llevo el departamento de marketing de *Vitalis* –sonrió Mel–. O, al menos, eso hacía hasta ahora.

–¿Te han dado un ascenso?

–Ojalá. No, lo que pasa es que no creo que nadie pueda contar con su puesto de trabajo después de este fin de semana.

–¿Crees que es una especie de prueba?

–¿Qué otra cosa puede ser?

–Un acercamiento entre el personal de las dos revistas.

–¿Tú crees eso? –preguntó la joven. Tory se encogió de hombros–. Estamos aquí para que elijan a los más fuertes. O quizá a los más cuerdos después de un fin de semana de confinamiento. Aunque puede que tenga sus compensaciones. Hay un instructor que está de cine. ¿No te has fijado?

–La verdad es que no –dijo Tory, que había estado demasiado ocupada mirando a Lucas.

–No me digas. Estás casada.

Ella negó con la cabeza.

–Soltera, pero exigente.

–Mucho, si Míster América no te ha llamado la atención. Tienes que haberlo visto. Alto, pelo oscuro, ojos azules, sonrisa sexy... ¡te juro que me he enamorado a primera vista!

Mel estaba exagerando, por supuesto. Al menos, Tory pensó que era así. Pero no la ayudó nada saber que otras mujeres eran tan susceptibles a los encantos de Lucas como ella.

–Ah, sí, creo que lo he visto.

–Sí, este fin de semana empieza a parecer muy interesante –observó Mel con una sonrisa traviesa.

Tory sintió entonces una punzada de celos. Mel era alta, rubia y bastante guapa y se preguntó si sería el tipo de Lucas. Probablemente.

Probablemente lo fueran todas. Todas las mujeres que fueran lo suficientemente tontas como para caer rendidas ante sus ojos azules.

–Todo para ti –murmuró, intentando disimular su irritación.

–Chica, no sabes lo que te pierdes. Pero no me quejo. Mejor si no hay competencia. ¿Cómo es el resto de tu equipo?

Tory no sabía a qué se refería, si a la personalidad o al aspecto físico.

–No las conozco a todas. Solo llevo una semana en la revista.

–Ya veo. Entonces, ¿no puedes darme una pista para que me lleve bien con la bruja de tu redactora–jefe?

–Pues no –contestó Tory, sonriendo. No tenía ninguna intención de defender a Amanda.

–Me han dicho que es una fiera.

Tory sonrió de nuevo.

–Deberías intentar reírle los chistes. Y empieza a ensayar: «No, Amanda. Sí, Amanda. Lo que tú digas, Amanda».

–¿Tan horrible es? –rio Mel.

Mel seguía mirándola con curiosidad y Tory se preguntó si dentro del grupo habría alguien suficientemente avispado como para descubrir que era una impostora.

No pudieron seguir hablando porque empezaron a llegar más integrantes del grupo y la conversación empezó a girar sobre pies doloridos y camas incómodas. Tory esperaba que la litera que quedaba libre no fuera ocupada por Amanda, pero sus esperanzas se desvanecieron cuando la Villiers apareció en la puerta del dormitorio, quejándose amargamente porque sus botas de diseño estaban completamente destrozadas. No mencionó la vieja mochila que llevaba a la espalda, pero estaba claro que se la había prestado alguien del centro para reemplazar a sus elegantes maletas.

Afortunadamente, se puso a hablar con Sam Hollier, la asistente de Tory, y se contentó con lanzar sobre ella miradas venenosas hasta que sonó el timbre que anunciaba la cena.

La ensalada de pasta hizo que todo el mundo se sintiera un poco mejor, pero los grupos seguían divididos. El personal de *Toi* estaba sentado alrededor de una mesa y el personal de *Vitalis*, en otra.

Al otro lado del comedor, estaba el personal del centro, con sus distintivas camisetas grises. Tory vio a Lucas charlando con una atlética rubia de unos veinte años. Era lógico. Estaba tonteando con la más guapa.

Inmediatamente, apartó los ojos. No estaba allí para observar las técnicas amorosas de Lucas Ryecart, sino para buscar el potencial de aquella situación, algo que sirviera para el documental.

Después de la cena, fueron llevados hasta un salón

que Tom Mackintosh, el director del centro, describió como la sala de juegos. Las reacciones fueron de dos clases: algunos participantes se pusieron tensos y otros fingieron indiferencia.

Para su primera tarea, les dieron a cada uno un papel con un número del uno al doce. Después, les vendaron los ojos y les prohibieron hablar. La prueba consistía en colocarse en una fila por todo el salón respetando los números.

Parecía simple, pero no lo era. La única forma de decir qué número tenía cada uno era dando golpecitos en la mano del más próximo y tardaban muchísimo en encontrar el número anterior o posterior. Terminaron golpeando el suelo con los pies y para entonces habían empezado a partirse de risa. El juego se convirtió en algo muy divertido.

Tardaron más de lo que habían pensado, pero se sintieron ganadores cuando por fin formaron la fila del uno al doce.

Eso rompió el hielo. Después de aquel ejercicio, Mackintosh les pidió que contaran algo sobre sí mismos.

La mayoría hablaron de su vida profesional, pero algunos lo hicieron de su vida personal. Tory decidió no arriesgarse y solo dijo su edad, su estatus social y cuáles eran sus aficiones.

Después, fueron divididos en tres grupos de cuatro y enviados a una esquina de la habitación para realizar la siguiente tarea: encontrar un tesoro escondido a través de mapas y pistas. El objetivo era que trabajasen en equipo para resolver el misterio. Como incentivo, el grupo ganador tenía una botella de champán.

Tory estaba en el mismo grupo con Richard, el editor de *Vitalis*, y descubrió que era simpático e inteligente. Tory sonreía con sus bromas incluso antes de percatarse de que Lucas la estaba observando. Después, sonrió aún más. Su grupo no ganó la prueba, pero quedaron segundos y se abrazaron para consolarse.

Tory estaba colocando mapas cuando Lucas se acercó a ella.

–Yo te diré dónde hay que guardarlos.

–Gracias.

Tory caminó tras él hasta un armario, al otro lado de la habitación.

–¿Estás intentando ponerme celoso? –le preguntó Lucas al oído.

–Claro que no –mintió Tory.

–Pues lo estás consiguiendo.

Ella lo miró a los ojos. No parecía en absoluto celoso.

Estaba pensando en darle una réplica cuando Mel, del departamento de marketing de *Vitalis*, apareció a su lado. Se imaginaba por qué.

–Yo los guardaré –dijo Lucas, tomando los mapas–. Se te ha caído algo.

–A mí no –murmuró Tory.

Lucas señaló un papel en el suelo.

–Yo diría que es una nota –intervino Mel, inclinándose para tomarlo del suelo.

Tory entendió entonces.

–Es mío –dijo, quitándoselo de la mano.

–De acuerdo –sonrió Mel, levantando las manos–. Pero creo que sé de quién es.

–¿De quién? –preguntó Lucas.

–Puede que me equivoque –sonrió Mel, coqueta–. Pero me parece que es de Richard. No deja de mirarte, ¿verdad, Tory?

En circunstancias normales, habría protestado. Pero en aquel momento se sintió aliviada de que Mel no sospechara nada y simplemente se encogió de hombros.

Lucas... o Luc, como se había presentado a todo el mundo, seguía sonriendo, tan tranquilo como siempre. Cuando Mel empezó a charlar con él, Tory aprovechó para marcharse.

No abrió la nota inmediatamente. Sospechaba que el

contenido la pondría furiosa y quería leerla a solas. No tuvo oportunidad porque Tom Mackintosh los reunió a todos para hablarles sobre las normas del centro y después fueron a tomar un refresco en la cafetería. Aquella vez, los grupos estaban mezclados. Los más ruidosos eran los ganadores de la botella de champán.

Era muy tarde cuando se fueron a dormir. Solo había tres cuartos de baño y Tory tuvo que esperar hasta que le tocó el turno en la ducha para leer la nota.

Era muy breve: *Tenemos que hablar. Habitación 12.*

Mientras se duchaba, pensó qué debía hacer. Los dormitorios de hombres y mujeres estaban separados por un pasillo y las habitaciones del personal del centro estaban al final. ¿Y si alguien la veía saliendo de su habitación en medio de la noche?

Pero tendría que hacerlo. Según sus informaciones, era muy normal que los miembros de uno y otro sexo se mezclaran en el centro cuando nadie los veía. ¿Quién iba a pensar que no era un encuentro amoroso?

Podría acudir inmediatamente o esperar a que todo el mundo estuviera dormido y Tory decidió hacerlo en aquel momento, usando la excusa de la ducha para desaparecer.

Se secó rápidamente, se puso un pijama de franela y guardó su ropa en un armario, del que la sacaría más tarde. Si alguien la veía, diría que iba a beber agua a la cocina.

Enseguida encontró la habitación número 12 y, como pensaba que Lucas la estaría esperando, entró sin llamar.

Allí estaba, pero no parecía haberla esperado tan pronto. Lucas estaba casi desnudo, cubierto apenas por una toalla atada a la cintura. Tenía el pelo mojado y era evidente que acababa de salir de la ducha.

Nunca lo había visto desnudo. O casi desnudo. Sus ojos se deslizaron por los anchos hombros y el torso cubierto de un fino vello oscuro que se perdía bajo la toalla.

Debería haber salido de la habitación. Y quería hacerlo. Pero portarse como una virgen ultrajada era patético en sus circunstancias.

–Querías hablar –le dijo.

–Estás enfadada conmigo, ¿verdad?

–¿Enfadada? ¿Por qué iba a estar enfadada? Si tú quieres perder el tiempo comprobando si hago bien mi trabajo y arriesgando el proyecto, es cosa tuya.

–Me temía que lo verías así.

–¿Hay otra forma de verlo?

–Chuck Wiseman pensaba enviar un observador, pero hubo un problema de última hora y me pidió que lo hiciera yo. Nada que ver con Eastwich, pero te pido disculpas si te has sentido observada. No era csa la intención.

Tory se preguntaba si realmente esperaba que se tragara eso.

–Si es así, ¿por qué no me lo dijiste el miércoles? Entonces ya lo sabías, ¿no?

–Sí, supongo que podría habértelo dicho. Pero la verdad es que tenía miedo de que no vinieras –confesó él.

Tory se preguntó si ella tendría la palabra «idiota» grabada en la frente.

–¿Y el señor Wiseman no podía enviar a nadie más? ¿Ha tenido que pedírselo al propietario de Eastwich? Por favor, Lucas...

–Muy bien, de acuerdo. Tiro la toalla.

No literalmente. O eso esperaba Tory.

–He elegido mal la frase –sonrió él entonces–. Pero lo admito. Me presenté voluntario solo para verte, pero no tiene nada que ver con tu trabajo en Eastwich.

No tenía que decir nada más. Tory levantó los ojos y, cuando se encontró con los del hombre, un calor extraño la recorrió entera.

Los ojos de Lucas lo decían todo. La había tenido y deseaba tenerla de nuevo. La deseaba lo suficiente como para soportar un fin de semana de literas y duchas frías.

Cuando Lucas dio un paso hacia ella, Tory se apartó.

–Tengo que irme –murmuró, alarmada por los latidos de su corazón–. Estarán preguntándose dónde estoy.

–Me imagino –sonrió él.

No se movió, pero seguía mirándola como si mirarla fuera suficiente.

Tory sabía que el peligro real eran sus propios sentimientos. Tenía que salir de allí. Solo tenía que darse la vuelta y abrir la puerta.

Pero sus miembros estaban paralizados. Incluso, cuando él levantó la mano, no hizo nada. Incluso cuando empezó a acariciar su cara no hizo nada. Deseaba aquello, necesitaba aquello.

Lucas la atrajo hacia él y Tory se dejó hacer. Solo cuando sintió la boca del hombre cubriendo la suya se liberó de aquella pasividad.

No luchó, todo lo contrario. Abrió los labios para aceptar el beso, para besarlo también. Exploraban sus bocas mientras con las manos exploraban sus cuerpos.

Aquella vez los dos estaban sobrios. Ella acarició su espalda y después enterró las manos en el pelo húmedo, mientras él desabrochaba los botones del pijama, buscando enfebrecidamente sus pechos. Cuando empezó a acariciarla, Tory no pudo contener un gemido. Él le lamió uno de sus pezones. Ella tiraba de su pelo, pero solo para llevarlo hacia el otro pezón, tan endurecido como el primero, tan deseoso de la hambrienta boca del hombre.

Cuando empezó a bajarle el pantalón del pijama, ella lo dejó. Y alargó la mano para acariciarlo a su vez. Lucas estaba desnudo, la toalla en el suelo. Cuando acarició su miembro masculino, él ahogó un gemido. Mientras lo acariciaba Tory sentía placer al saber que se lo estaba dando. Él la dejó tocarlo hasta que empezó a perder el control y entonces la levantó del suelo y la apoyó contra la puerta.

Tory tardó unos segundos en entender que quería tomarla allí mismo y tardó un segundo más en aceptar que ella también lo deseaba. Enredando los brazos alrededor de sus hombros, esperó la primera embestida de su sexo.

Pero no ocurrió.

Abrazada a él, se había olvidado del mundo cuando oyeron el sonido de una campana.

Desorientada, Tory miró a Lucas.

—¡La alarma de incendios!

Después, todo ocurrió a gran velocidad. Él la ayudó a vestirse mientras oían pasos apresurados en el pasillo.

—¡Todo el mundo fuera! ¡No es un simulacro! ¡Todo el mundo fuera! —oyeron una voz.

La besó con fuerza en los labios antes de abrir la puerta.

—¡Sal corriendo!

Tory sabía que debía seguir a la gente y sabía que Lucas saldría en cuanto se hubiera vestido, pero se quedó allí, esperándolo.

Uno de los empleados del centro la tomó del brazo.

—¡Por Dios, corra!

Tiró de ella por el pasillo y, después de bajar las escaleras, Tory se encontró con el resto del grupo reunido a unos metros del edificio. Cuando vio que Lucas no salía, dio un paso adelante para volver a entrar, pero alguien la detuvo. Iba a apartar la mano cuando vio una figura familiar en la salida de emergencia.

Con vaqueros y camiseta, Lucas salía tranquilamente del edificio.

En aquel momento, Tory se habría arrojado a sus brazos. Afortunadamente, el alivio fue superado por la cordura, al darse cuenta de que estaban rodeados de testigos.

Se volvió entonces, incapaz de mirarlo. Sabía que era absurdo. Cinco minutos antes habían estado a punto de... tener relaciones sexuales. No lo llamaría hacer el amor. No podía hacerlo. Para eso hacían falta dos personas.

Y allí estaba, actuando como una quinceañera vergonzosa.

Mackintosh les explicó que alguien había estado fumando un cigarrillo en la sala de juegos y la colilla había prendido en unos papeles. No había un peligro real, pero el humo había disparado las alarmas.

La información fue recibida con poco entusiasmo y todo el mundo empezó a mirar a un lado y a otro, buscando al culpable.

Tory estaba mirando al suelo para no encontrarse con los ojos de Lucas cuando Amanda Villiers se dirigió a ella.

–Yo no quiero acusar a nadie, pero tú has estado fuera de la habitación mucho tiempo, Victoria, querida.

El adjetivo «querida» era venenoso en boca de aquella bruja.

–Yo no fumo.

–Eso dices tú –replicó la mujer.

Tory iba a protestar de nuevo cuando vio que Lucas se colocaba detrás de Amanda. Y entendió el gesto. Si quería, le diría a todo el grupo dónde había estado para que no hubiera sospechas.

Ella negó con la cabeza, horrorizada. Era suficientemente horrible haber descubierto que era una maníaca del sexo. No quería que todo el mundo lo supiera.

Estaba considerando otra forma de defensa cuando Mel intervino.

–Yo vi a Tory saliendo de las duchas cuando saltó la alarma.

–Ya –murmuró Amanda, escéptica.

Nadie más tenía ganas de discutir. Lo que querían era volver a las habitaciones para entrar en calor.

–Gracias –dijo Tory, caminando al lado de Mel.

–De nada –sonrió la joven–. La verdad es que te vi saliendo de una habitación... –añadió, señalando a Lucas con la cabeza–. Pero no te preocupes, mis labios están sellados.

Era demasiado esperar que nadie la hubiera visto saliendo de la habitación de Lucas. Y debía alegrarse de que Mel pensara que era un encuentro sexual y no una conspiración.

Capítulo 10

LAS cosas parecían diferentes por la mañana. Cuando Tory se despertó, al oír los bufidos de Amanda, todo lo que había pasado la noche anterior le pareció irreal. Estaba muy cansada y bostezó varias veces mientras esperaba en la cola del baño.

Para cuando le tocó el turno en la cola del desayuno, estaba tan enfadada, que habría podido aguantar incluso un acercamiento de Lucas Ryecart.

Tory solo sabía que estaba presente porque lo había visto de reojo. Tenía el mismo aspecto de siempre: como divertido por algo, por la vida quizá. Desde luego, no mostraba signos de remordimiento por su comportamiento de la noche anterior.

Se sentó a una mesa, dándole la espalda. Así pensaba soportar todo el fin de semana. Ignorándolo por completo.

No fue fácil, por supuesto. Él estaba observándola. No solo eso, riéndose cada vez que lo miraba.

Tory se alegraba de estar en forma y no haber terminado sollozando en el suelo, como Angela, la directora de marketing de *Toi*. Y se alegraba de no tener miedo a las alturas, como Sam, y haber sido obligada a descolgarse por una pared rocosa para tener que ser rescatada luego por miembros del equipo.

De hecho, era muy buena en todos los deportes, pero eso solo consiguió que Amanda la mirase cada vez con peores ojos. Tory intentó no provocarla. No quería que nadie sugiriese que había sido ella quien provocaba los ataques de ira de la redactora-jefa.

Estaba impresionada por lo abiertos que eran casi todos los miembros del grupo, sabiendo que estaban siendo grabados. Aunque Tom Mackintosh no lo hubiera dicho el primer día, las cámaras eran visibles en todas partes. Pero, aparentemente, la gente se había olvidado de ellas.

De quien no parecían olvidarse era de Lucas.

–¿Para quién creéis que trabaja el americano? –preguntó Jackie, la directora de arte de *Vitalis*, aquella noche.

–Pregúntale a Tory –rio Mel.

Todos los ojos se clavaron en Tory.

–¿Y yo qué sé? –murmuró ella, incómoda.

Mel sonrió traviesa, pero no dijo nada más. Quizá había recordado que Tory la había ayudado aquella tarde cuando bajaban el río en canoa.

–Está todo el tiempo mirando –dijo otra de las chicas.

–Para eso está aquí.

–Pero solo te mira a ti.

–Qué suerte tienes –dijo Jackie–. Yo no lo echaría de mi cama, desde luego.

Y Tory tampoco. Ese era el problema.

Escuchar las opiniones de las chicas le confirmó lo que ya sabía. Lucas Ryecart era demasiado popular.

Después de eso, siguieron con su tarea, crear un formato para una nueva revista. Las ideas fluían y todo el mundo aportaba algo, olvidando que eran competidoras. Al final, gritaron de alegría cuando fueron proclamadas vencedoras.

Más tarde, mientras estaban tomando su merecida copa de champán, Lucas se acercó para felicitarlas. Tory se quedó mirando la copa para que no pudiera dirigirse directamente a ella. Sabía que era infantil, pero no quería dejarse traicionar por las emociones.

Él, por supuesto, estaba muy relajado. Cuando Jackie le preguntó si trabajaba para Chuck Wiseman, se salió por la tangente diciendo que estaba allí como observador porque quería abrir su propio centro de actividades deportivas.

–Bueno, cariño –dijo Jackie entonces–. Si te olvidas de las duchas frías y prometes que habrá más hombres como tú, guapos y sin compromiso, puede que nos apuntemos. ¿Verdad, chicas?

La pregunta fue recibida con risas.

Tory permaneció en silencio, pero cuando miró a Lucas de reojo se dio cuenta de que estaba acostumbrado a la atención femenina.

–Me honra el cumplido. Pero la verdad es que sí estoy comprometido.

Las chicas empezaron a lamentarse y Tory lo miró, sorprendida. Lucas sonrió.

–¿Estás casado? –preguntó Jackie.

–Aún no.

–¿Vas a casarte?

Él hizo un gesto con la mano, como si el asunto no dependiera de él.

–¿Quién es la afortunada? –preguntó Mel.

Tory se estaba haciendo la misma pregunta. Nunca le había dicho que tuviera novia.

–Por el momento, no puedo decirlo.

Tory entendió. No se atrevía a decirlo. Eso la puso aún más furiosa. ¿Imaginaba que tenía tan poca dignidad que se pelearía por él?

Jackie y las otras parecían intrigadas.

–¿Está casada?

–No que yo sepa –contestó Lucas.

–¿Es famosa?

–¿Una modelo?

–¿Trabaja en la televisión?

Las sugerencias hicieron que Lucas sonriera.

–Nada de eso. Es una persona muy discreta a la que no le gustaría saber que estoy hablando de ella. Sobre todo, porque aún no he reunido valor para decirle lo que siento.

Aquella noticia fue recibida con un suspiro. Las chicas lo veían como uno de esos hombres cada vez más escasos: un romántico.

–¿Cómo es ella? –preguntó alguien.

Tory no podía más. Antes de que Lucas describiera a su novia, se levantó de la silla y, murmurando una disculpa, salió de la habitación.

Estaba tumbada en la litera, intentando concentrarse en una novela, cuando Mel entró en la habitación.

–¿Estás bien?

–Sí –contestó ella.

–Me ha parecido que te molestaba que Luc hablara de su novia.

–¿A mí? –exclamó Tory, como si aquello fuera completamente ridículo–. ¿Y por qué iba a molestarme?

–Por nada. Pero como anoche...

–¡Anoche no pasó nada! Puede que me vieras salir de su habitación...

–Puede no. Te vi, Tory.

–Pero no es lo que tú crees.

–¿No?

–¡No!

–Entonces, ¿no te importa saber cómo es su novia? –la retó Mel.

Tory se preguntaba por qué aquella chica quería romperle el corazón.

–No puede importarme menos.

No era cierto, por supuesto.

–Parece que es más joven que él –empezó a decir Mel entonces–. Tiene mucho carácter, es lista y le gusta hacer deporte. Es una chica encantadora, dice, con una piel muy bonita y unos ojos enormes.

–Pues qué bien.

–¿Te suena de algo? –preguntó Mel entonces.

–¿Y por qué iba a sonarme? Por favor... acabo de conocerlo.

Su compañera la miró, incrédula.

–Este sí que es un caso de ceguera absoluta.

Tory la miró sin entender mientras la joven tomaba su toalla y su neceser y se dirigía al cuarto de baño.

Más tarde, cuando debería estar durmiendo, Tory pensó en los supuestos atributos de la novia de Lucas y se convenció de que los había inventado. Recordaba la media sonrisa del hombre cuando empezó a «confesarse» con las chicas. Conocía aquella sonrisa; la había visto antes. Era la sonrisa que decía: «la vida es una broma».

Y eso, sospechaba, era lo que había estado haciendo: inventarse una novia para mantenerlas alejadas.

¿O era lo contrario? Tory recordaba las caras de emoción mientras Lucas hablaba del amor de su vida, al que no se atrevía a decir nada, pero que era lo más importante para él. Qué falso era. ¿Sería suficientemente astuto como para saber que eso lo convertía inmediatamente en pieza deseable para cualquier mujer?

Lo mejor era alejarse completamente de él y lo consiguió durante el desayuno. Y después, cuando Mackintosh informó a todo el mundo de que ese día tendrían que hacer una ruta de quince kilómetros para encontrar un tesoro.

Pero él estaba esperando su momento y la sorprendió cuando había bajado a la cocina para guardar las provisiones.

–Mira, Tory, sobre la otra noche...

Ella no quería escucharlo.

–Viene alguien –dijo en voz baja.

Lo había dicho para poder escapar, pero lo cierto fue que oyeron pasos en la escalera. Lucas reaccionó tomándola del brazo y metiéndola en un despacho vacío.

–¡Vas a hacer que me descubran!

–Me da igual. Solucionar lo que hay entre nosotros es lo único que me importa.

–Pues a mí sí me importa –replicó ella–. Y soy yo la que tiene que hacer quince kilómetros con esa gente. Si ocurre algo, quiero saber que puedo confiar en ellos.

–¿Qué quieres decir?

Tory no estaba segura. Pero tenía un presentimiento extraño aquel día.

–Nada. Mira, tengo que irme. El autocar va a llevarnos al punto de partida –dijo, poniendo la mano en el picaporte.

–Nos veremos a la vuelta, ¿de acuerdo?

–No habrá tiempo. Después, tenemos que volver a Londres.

–Yo podría llevarte.

Tory negó con la cabeza.

–He venido con el grupo y con el grupo tengo que volver.

–De acuerdo. Seguiré al autocar y nos veremos en Londres.

–¿Y no le importará a tu novia? –preguntó ella, irónica.

–¿Cómo?

–La chica de que la hablabas ayer.

–Ah, esa chica –sonrió Lucas entonces.

Para ser un hombre pillado en una mentira, no parecía muy afectado.

–A menos que te la hayas inventado –sugirió entonces Tory.

–¿Y por qué iba a hacer eso?

–¿Quién sabe?

–No me la he inventado. Pero no tienes por qué estar celosa.

–¿Y por qué iba a estar celosa? Tengo a Alex, ¿no?

Había dicho aquello sin pensar en las consecuencias.

El rostro de Lucas se convirtió entonces en una máscara de frialdad.

–¿Alex?

–Sí –era muy tarde para dar marcha atrás y Tory lo sabía.

–Dime. ¿Sabes dónde está Alex este fin de semana?

Tory sabía la respuesta. Alex estaba en Edimburgo, intentando reconquistar a su mujer. Pero, ¿por qué quería Lucas saber eso?

A menos que él también lo supiera.

–¿Lo sabes tú?

Tory vio por su expresión que lo sabía y esperó que le dijera que su amante estaba en Escocia, con su mujer.

Él abrió la boca para decir algo, pero no lo hizo. Había estado a punto de comprometer a Alex y al final había decidido no hacerlo. ¿Por qué?

Quizá le venía bien que ella mantuviera otra relación. Eso justificaría que él también buscara otras mujeres.

–Olvídalo –dijo por fin, abriendo la puerta.

Tory escapó, pero sentía un peso en el corazón. ¿Por qué había mencionado a Alex? Al hacerlo, las anteriores negativas parecían una mentira.

Orgullo, suponía. No había querido que creyera que estaba celosa. Y lo estaba. Tremenda, brutalmente celosa de cualquier otra mujer que se acercara a Lucas Ryecart.

Se sentía como una colegiala, enamorada por primera vez. Solo que nunca lo había estado. Ni siquiera de Charlie.

Por fin lo había entendido. El amor no era el sentimiento agradable y dulce que ella había creído que era.

Pero lo que sentía por Lucas tampoco era amor, se dijo. No podía serlo. No dejaría que lo fuera. Era deseo, puro y simple. ¿Por qué no se metía en la cama con Lucas y se quedaba en ella hasta que el fuego se hubiera apagado?

Sabía la respuesta. Estaba asustada. Pero se resistía a analizar sus miedos.

No tuvo oportunidad, de todas formas, porque su equipo ya había subido al autocar.

¿Su equipo? En realidad, no lo era. Además, solo quedaban cinco. Aparentemente, Jessica Parnell, la redactora-jefe de *Vitalis* había decidido que la vida era de-

masiado corta como para ir dando brincos por las montañas para mantener un trabajo que odiaba desde hacía
tiempo. Después de tomar la decisión, llamó a un taxi y
volvió a Londres, encantada consigo misma.

Mel se lo contó mientras los llevaban al punto de partida.

Amanda casi maullaba de satisfacción. Pero sus críticas fueron demasiado hasta para Carl, el director de ventas.

Normalmente era un tipo muy tranquilo, pero aquel
día no estaba de buen humor.

–Qué lechuza –murmuró, entre dientes.

–¿Perdona? –exclamó Amanda.

–Ya me has oído.

Lo había oído, pero no lo creía. Amanda no estaba
acostumbrada a tales críticas y lo miró, indignada, pero
no se atrevió a replicar.

Para Tory fue seguramente la parte más divertida del
fin de semana. Amanda llevaba la revista con mano de
hierro y había esperado hacer lo mismo en el centro.
Pero día a día, quizá debido al cansancio, quizá debido a
que tanto ejercicio hacía que algunos tuvieran una per-
cepción diferente de sí mismos, o quizá debido a que
fuera de la oficina la veían con otros ojos, sus subordina-
dos empezaban a sublevarse. Tory casi lamentaba no poder volver a la revista para ver si el desafío continuaba
allí.

Amanda empezó a quejarse en voz alta, diciendo que
mucha gente iba a recibir una sorpresa el lunes por la
mañana, pero Carl se puso a cantar a todo pulmón y Mel
no pudo evitar una sonrisa de complicidad.

De modo que no eran un equipo y Tory empezó a
preocuparse cuando los dejaron solos con una brújula, un
mapa y una mochila con pocas provisiones.

Habían practicado leyendo mapas y cada equipo tenía
un supuesto «experto». Carl era el suyo, aunque Amanda
intentó minar su autoridad desde el primer momento.

A pesar de ello, encontraron el camino y las marcas: «El puente sobre aguas turbulentas», un pequeño puente sobre un riachuelo, «Stonehenge», una mini–versión de columnas de piedra y «El descanso final», un par de cruces de madera en la parte de atrás de lo que debía haber sido la choza de un cabrero.

Decidieron descansar allí un rato y comer para reponer fuerzas. La comida consistió en una lata de judías y salchichón. Amanda, por supuesto, no podía soportar esa bazofia, pero no le quedó más remedio.

Estaban a medio camino y empezaban a encontrarse casi victoriosos cuando empezó a llover. Al principio, era una llovizna, pero después se convirtió en un chaparrón.

En medio del campo, sin refugio alguno en el que resguardarse, empezaron a caminar más rápidamente. Nadie decía nada y todos preservaban las fuerzas para combatir los elementos.

Incluso Amanda iba callada, pero tan incómoda como los demás. Estaban atravesando un terreno especialmente resbaladizo y se escurrió por la pendiente. No había rodado mucho, pero cuando Tory bajó a ayudarla, la mujer lloraba tocándose la rodilla. Se había golpeado contra una roca. No sabían si se la había roto, pero cuando intentaron levantarla, el dolor era demasiado fuerte.

–Tendremos que llamar por el walkie.

–Si lo hacemos, habremos perdido –objetó Carl.

Tory lo miró, incrédula.

–Por favor, Carl. El juego ha terminado. Amanda se ha hecho daño de verdad –casi le gritó, enfadada.

El hombre la miró, resentido, mientras sacaba el walkie-talkie de la mochila. Pero no pudieron hablar con nadie porque la tormenta había hecho que perdieran la comunicación.

Podrían sentarse y esperar que fueran a rescatarlos, pero Carl admitió que se habían desviado de la ruta asignada para tomar un atajo y podrían tardar horas en encontrarlos. Nadie dijo nada, aunque todos lo miraron con gesto de desaprobación.

Entre Carl y Tory tomaron a Amanda en brazos y aunque ella intentaba soportar el dolor, de vez en cuando se le escapaba un sollozo. Era imposible que la rodilla no se moviera y debía sentir un tremendo dolor.

Tory se alegró al ver un refugio.

—¡Allí! ¡Bajo esa roca!

Era más un hueco que una cueva, con apenas espacio para dos personas, pero dejaron a Amanda en el suelo. Decidieron entonces que alguien se quedaría con ella mientras los demás volvían andando al centro.

—Victoria... quiero que se quede Victoria conmigo —dijo Amanda.

Tory se sorprendió. Habría imaginado que prefería quedarse con cualquier otro.

—¿Y bien? —la instó Carl.

—De acuerdo —concedió ella—. Pero nos dejáis el chocolate.

—Te lo mereces —dijo Mel, entregándole la tableta de chocolate y una linterna.

Tory intentó colocar a Amanda en una postura más cómoda, poniendo las mochilas bajo su cabeza y cubriéndola con una manta. Estaban mojadas y el viento entraba en la cueva, pero intentó escudarla con su propio cuerpo.

Al principio no hablaron mucho, pero al final Tory dio rienda suelta a su curiosidad.

—¿Por qué has querido que me quedara yo precisamente? Tú y yo no nos llevamos bien.

Amanda hizo una mueca.

—Esa Mel me odia y en cuanto a Lucy... es una miedosa.

—Así que yo era la única opción —sonrió Tory.

—Algo así —admitió Amanda.

Al menos, era sincera. Y también estaba sorprendida por lo bien que se estaba portando en aquellas circunstancias. Solía protestar por todo y, cuando tenía razones para quejarse de verdad, se portaba como una valiente.

–No te preocupes. Enseguida vendrán a buscarnos.

–¿Cuánto tiempo crees que tardarán?

–No tengo ni idea –contestó Tory–. Pero poco, seguro.

–Puede que no nos encuentren.

–Carl sabe dónde estamos, no te preocupes.

–Jessica se partirá de risa cuando se entere de esto.

–¿Jessica?

–Jessica Parnell, la redactora-jefa de *Vitalis*. Ella tenía razón. ¿Qué demonios estamos haciendo, saltando de risco en risco a nuestra edad?

–No eres tan mayor –protestó Tory.

–¿Cuántos años crees que tengo?

Treinta y ocho era la edad que le echaba, pero decidió ser amable.

–Treinta y tres.

–Ojalá –suspiró Amanda. Pero no le dijo su verdadera edad, por supuesto. Coqueta hasta el final–. Llevo en este negocio más de veinte años. La verdad es que el tiempo vuela –añadió, con tristeza–. Un día eres la mejor y al día siguiente tienes que tirarte en canoa para conservar tu puesto de trabajo. ¿Y qué te queda?

La pregunta era retórica, pero Tory sintió que debía animarla un poco.

–Un armario lleno de trajes de diseño, un deportivo y probablemente un dúplex en la mejor zona de Londres.

–En Notting Hill –sonrió Amanda entonces–. Y sí, admito que tiene compensaciones. Pero no creas que son suficientes.

Parecía un consejo bienintencionado, pero Tory desconfiaba.

–¿Por qué me dices eso?

–¿Quieres decir que suena raro que te dé un consejo porque normalmente soy una bruja?

–Algo así –rio Tory.

–No estoy segura –suspiró la mujer–. Quizá es que, cuando te miro, me veo a mí misma. Hace muchos años, claro. Pero seguro que venimos del mismo sitio. Poco dinero en casa, alumnas de colegio público, un apartamento diminuto en un barrio pobre... Y un deseo imposible de cambiar de vida.

Tory podría haberlo negado. Pero la verdad era que sus circunstancias eran parecidas.

–¿Eso es tan malo?

–No –contestó Amanda–. Pero saber lo que uno no quiere de la vida no es saber lo que uno sí quiere. Y cuando te das cuenta, es demasiado tarde.

–¿Y qué quieres tú? –preguntó Tory.

–Por ahora, que me saquen de aquí. Y, a largo plazo, lo que queremos todas: un marido, un hogar, una familia.

–No todas queremos eso.

–Puedes negarlo si quieres. Yo lo hice durante años. Pero entonces, un día te despiertas y todo se ha ido. Los buenos chicos, con los que podrías haberte casado... y los malos, los que te gustaban de verdad, ya están con otra, casi siempre una modelo –dijo Amanda entonces, irónica.

Tory no sabía qué decir. Nunca habría sospechado que bajo la apariencia elegante y fría de Amanda Villiers había una mujer frustrada y sola. Sintió el impulso de consolarla, pero sabía que ella no lo aceptaría, ni siquiera en su estado.

Aun así, creía que le debía algo por aquella confesión.

–A veces es difícil no envidiar a la gente. Yo estuve prometida una vez. No funcionó y él se casó con otra chica. Hace poco volví a verlo y supongo que sentí cierta envidia, pero entonces descubrí que no eran tan felices como parecían.

–La mayoría de las parejas no son felices –observó Amanda–. No locamente felices. Pero quizá es suficiente con no ser desgraciado.

Tory no sabía si estaba de acuerdo.

–Yo creo que casarse y tener hijos para no estar sola es algo que, al final, puede hacerte desgraciada.

–Eso dice una chica de veintitantos años –opinó su jefa–. Ya veremos cómo te sientes cuando tengas mi edad. Si sigues sola, claro.

Había una nota de tristeza en la voz de la mujer y Tory se preguntó si ella sería diferente a su edad.

Seguramente, seguiría sola. Y se veía a sí misma pensando en Lucas Ryecart durante toda la vida. Habría otros hombres. Quizá no tan atractivos, quizá no tan inteligentes, ni tan excitantes...

No tenía sentido desearlo todo: marido, hijos, un buen trabajo y un final feliz. No tenía sentido desear lo que no se podía tener.

–Bueno, ahora que estamos las dos deprimidas, ¿se te ocurre alguna forma de pasar el tiempo?

Tory consiguió sonreír.

–El juego de las películas.

–De acuerdo, yo empiezo.

Era una forma como otra cualquiera de pasar el tiempo, aunque Amanda apenas podía moverse para escenificar los títulos. Después de eso, jugaron a adivinar nombres de actores famosos.

El tiempo pasaba y seguía lloviendo a mares. Hacía tanto frío, que perdieron las ganas de seguir jugando y se limitaron a esperar.

Pasó una hora, dos, tres. Amanda se quedó dormida, aunque se despertaba a cada momento, gimiendo de dolor. Tory la miró, preocupada. Había dejado de llover, pero hacía mucho frío y, si tenían que pasar la noche allí, sin protección alguna, Amanda podría sufrir hipotermia.

Intentó no pensar en esa posibilidad y se puso a planear el estilo del documental. Trataría sobre las buenas intenciones y la realidad del trabajo «en equipo» y los «lazos de unión». Haber estado perdidas en medio del páramo le daría impacto dramático y sería una prueba de las pobres medidas de seguridad del centro. Pero intentaría no usar lo que habían grabado de Amanda portándose como una caprichosa insoportable. Ya tenía suficiente con la rodilla.

Era increíble lo insegura que se sentía la redactora-jefe de *Toi*. Tory imaginaba que a todo el mundo le pasaba lo mismo; había una parte que se mostraba a los demás y otra que se guardaba en secreto.

De pronto, oyó el sonido de un coche. No solo uno, varios. Y no eran coches normales, eran jeeps.

Después de despertar a Amanda, se levantó a toda prisa, pero tantas horas encogida en la cueva habían debilitado sus piernas y cayó al suelo, gimiendo de dolor.

Cuando dejaron de oír el motor de los coches, las dos mujeres se quedaron aterrorizadas, pensando que habían tomado otro camino. Afortunadamente, poco después oyeron voces.

Era el entrenador del centro, seguido de otros tres hombres.

Tory solo tenía ojos para uno de ellos.

—¿Te encuentras bien? —preguntó Lucas, arrodillándose a su lado.

¿Si se encontraba bien? Se encontraba de maravilla con él a su lado.

—Sí.

—¿Te duelen las piernas?

—Solo las tengo dormidas —contestó ella, percatándose entonces de que Lucas le estaba dando un masaje—. Pero Amanda se ha hecho daño en la rodilla.

—El médico se está encargando de ella.

Tory miró al grupo que rodeaba a Amanda. Además del entrenador había un médico, que estaba cortando el pantalón para examinar la rodilla. Y también estaba Carl, con una camilla plegable en la mano.

—Menos mal.

—¿Puedes andar?

—Creo que sí —contestó ella.

Intentó caminar, pero sintió un tirón en la pantorrilla y Lucas la tomó en brazos. Él la llevó con cuidado por aquel terreno resbaladizo y, poco después, la colocó sobre el asiento trasero del jeep.

–Será mejor que te quites esa ropa mojada –le dijo. Tory vaciló un momento–. Hay ropa seca en esa mochila.

–Es que tengo frío –murmuró ella.

–Voy a encender la calefacción –dijo Lucas entonces. Unos segundos después, estaba a su lado, ayudándola a desabrocharse la chaqueta–. Te prometo que me portaré como un caballero.

–De acuerdo.

–Intenta descansar mientras te llevo a casa –dijo él unos minutos después, sentándose frente al volante.

–¿No podemos esperar para ver si Amanda está bien?

–Esperaremos si quieres.

Unos minutos después, sacaban a Amanda en la camilla con la rodilla vendada.

–¿Dónde la llevan?

–Al hospital más próximo, me imagino –contestó él–. Llamaremos al centro más tarde. Ahora descansa un poco.

El jeep iba dando botes, pero al menos Tory estaba calentita. No sabía si se dirigían a Norwich o a Londres y le daba igual. Estaba tan cansada, que pronto se quedó dormida.

Cuando despertó, estaba completamente desorientada. Lucas la ayudó a bajar del jeep y solo entonces se percató de que estaban frente a su apartamento, en Norwich.

Se alegraba. En aquel momento, su casa le parecía el mejor sitio para descansar.

Lucas se colocó la mochila a la espalda y la tomó del brazo para ayudarla a cruzar la calle.

Tory se alegró al ver que las luces estaban apagadas, señal de que Alex no había vuelto. Le gustaba mucho aquel Lucas tan solícito, pero sospechaba que el otro Lucas, el que se ponía furioso ante la sola mención de Alex, seguía por allí.

En cualquier caso, Alex Simpson había dejado rastros de su presencia.

–Supongo que tú no dejaste el apartamento así. No sé cómo soportas a ese tipo.

–Seguro que tú lo tienes todo limpio y colocado –replicó Tory tontamente. En realidad, la crítica no iba dirigida a ella, sino a Alex.

–No, pero tampoco soy un cerdo –dijo Lucas entonces, señalando unos calzoncillos tirados sobre el sofá.

Tory arrugó la nariz y decidió en ese momento que no pensaba darle a Alex ni un día más.

–Gracias por traerme a casa.

Imaginaba que Lucas estaría deseando llegar a su limpia y elegante habitación en el hotel Abbey.

–No has comido nada desde el almuerzo. Te prepararé algo.

–No hace falta. Solo quiero descansar.

–Tienes que comer algo –insistió él–. Métete en la cama. Te llevaré unas tostadas.

–Dudo que haya pan. Alex no suele ir a la compra.

–Me pregunto qué es lo que hace Alex –dijo Lucas, irónico–. Déjalo, mejor no me lo cuentes –añadió después. Podría haber sido una broma, pero los ojos del hombre le decían que no lo era–. Venga, a la cama. Yo me meteré en la cocina.

Tory vaciló un momento. No tenía energía para discutir, pero tampoco tenía energía para soportar otro asalto sexual con Lucas Ryecart.

–Mira, es mejor que...

–No te preocupes, no te haré nada. Compartir la cama de otro hombre no me apetece en absoluto.

–¿Cuántas veces tengo que...?

–Te doy diez minutos –la interrumpió él–. Después, espero encontrarte en la cama, con un oso de peluche y un camisón de franela abotonado hasta el cuello.

Aquella vez era una broma, pero Tory entendió el mensaje. No tenía nada que temer.

–¿Podrías llamar al centro para preguntar por Amanda?

–Sí, claro.

Una vez en la cama, Tory se preguntó si debía decirle la verdad. Que Alex no era nada para ella. Pero, ¿la creería por fin?

Se le cerraban los ojos mientras esperaba y, por fin, se quedó dormida.

Lucas dejó la bandeja sobre la cómoda y se sentó para mirarla. Dormida, parecía mucho más joven y más vulnerable, pero imaginaba que era una ilusión. Aquel fin de semana había probado que era una chica muy fuerte.

Lucas recordó su reacción cuando Carl, Mel y Lucy volvieron al centro. Él estaba insistiendo en que enviaran un equipo de rescate porque llevaban dos horas de retraso sobre el tiempo previsto y entonces aparecieron los tres, una de las mujeres sollozando.

Se habían perdido después de dejar a Tory y Amanda, y luego tuvieron que buscar refugio durante media hora a causa del frío.

Furioso y asustado, había subido a su jeep, a pesar de la oposición de Mackintosh, amenazándolo con una demanda si le había pasado algo a Tory.

Su reacción le parecía en aquel momento desproporcionada. Sin embargo, la angustia que había sentido era extraña, como una premonición. Como si lo que le había pasado a Tory se mezclase con el accidente en el que había perdido a su mujer.

No era lo mismo, desde luego. Jessica había muerto en un accidente de coche y él no había podido hacer nada porque estaba al otro lado del mundo, trabajando. Pero le había parecido que todo volvía a ocurrir de nuevo.

Lucas sacudió la cabeza. Reconocía lo que había sentido: miedo de perder a alguien querido, a alguien que era suyo.

Aunque Tory no era suya. Aún no.

Capítulo 11

TORY se despertó en mitad de la noche y encontró a Lucas dormido sobre la mecedora. Lo miró entonces, como había hecho él. Era raro, la mayoría de la gente parecía relajada mientras dormía. Lucas parecía tenso, inquieto, como si estuviera teniendo una pesadilla.

Sin pensar, bajó de la cama y se acercó a él. No quería despertarlo de golpe y acarició su mano suavemente.

Pensó que lo despertaría poco a poco, pero él reaccionó violentamente, ahogando un grito y sujetando su mano con fuerza.

Solo cuando se dio cuenta de quién era aflojó la presión.

Tory no estaba asustada. En el rostro de Lucas se reflejaban muchas emociones: miedo, alivio, vergüenza... hasta que volvió a colocarse la máscara.

–Una pesadilla, lo siento –dijo, escondiéndose tras una sonrisa.

Pero eso no engañó a Tory.

–Las tienes a menudo, ¿verdad?

No entendía por qué lo sabía, pero lo sabía.

–Sí –contestó él.

–¿Cosas que has visto?

–En parte.

Tory no quiso insistir. Si él quería contarle algo, lo haría.

–Debería marcharme.

Pero no se movió. Quizá no podía. Ella estaba demasiado cerca.

Y Tory no quería dar un paso atrás porque por fin había aceptado que aquel hombre era su destino, para bien o para mal. Estaba cansada de huir de la verdad.

Lo miró entonces con expresión solemne. Quería que la tomara, que cubriera su cuerpo con el calor del suyo, que fuera suave, que fuera rudo, que la controlara, que la poseyera, pero que la amase. Lo anhelaba aun sabiendo que amar a aquel hombre la destruiría, especialmente si él no podía darle amor.

Lucas la miró a los ojos y comprendió.

En silencio, tomó su mano y la sentó sobre sus piernas. Ella estaba entregada y sintió un deseo inmediato, pero aquella vez no quería apresurarse.

Esperaba que fuera ella quien diera el primer paso y Tory lo hizo tentativamente, acariciando la cicatriz que tenía en el mentón. Después, arriesgándose a un rechazo, tomó su cara entre las manos y lo besó en los labios.

Fue un beso suave. Casto, pero sexy. Lucas tuvo que hacer un esfuerzo para no responder.

Tory no se desanimó. También entendía. Aquella vez, era ella quien tenía que seducirlo.

No iba a ser difícil y lo sabía. Las manos del hombre acariciaban su cintura, apretándola contra ella, excitado.

Tory buscó su boca de nuevo, solo que aquella vez metió la punta de la lengua entre sus labios. Pero se apartó enseguida, cuando él intentó devolverle el beso. Entonces, empezó a morder su cuello, saboreando su piel, mordiendo el lóbulo de su oreja hasta que notó que empezaba a respirar agitadamente. Entonces le robó el aliento besándolo con pasión.

La resolución de Lucas de ir despacio se disolvió cuando metió la lengua dentro de su dulce boca y ella se volvió entre sus brazos, los pechos clavados en su torso, el desnudo trasero apretando su entrepierna.

Cualquier pensamiento desapareció con el calor del deseo. Sus manos estaban por todas partes, deslizándose por su espalda, acariciando sus pechos, su trasero, entre los muslos. Después, aún sentados, Lucas la colocó a horcajadas sobre él, le quitó el camisón y empezó a lamer uno de sus pezones con ansia. Ella gemía de placer y, cuando por fin la penetró, fue con los dedos. Tory estaba húmeda de deseo y su cuerpo se cerró a su alrededor con un espasmo. Y después se abrió y se cerró como una flor mientras él la llevaba al orgasmo.

Gimió cuando Lucas paró de repente, pero entendió enseguida.

Él se había bajado la cremallera del pantalón para sacar su miembro masculino, duro y ardiente de deseo. Tory intentó tocarlo, darle satisfacción, pero él sujetó su mano. Estaba a punto de terminar y quería hacerlo dentro de ella.

Tory también lo deseaba. Abrió las piernas, levantando las caderas para rozar su hinchado miembro. Lucas la levantó un poco para penetrarla.

Tory no esperaba el dolor exquisito de la intrusión masculina ni el placer que siguió. Se echaba hacia atrás mientras él la levantaba y la dejaba caer una y otra vez, gritando cada vez que lo sentía dentro hasta que los dos alcanzaron el éxtasis en una mezcla de placer y agonía.

Después, se dejó caer sobre él, desnuda entre sus brazos, conteniendo un sollozo al sentirse partida y a la vez, completa; fracturada y entera.

Lucas intentó calmarla con besos suaves, abrazándola.

—Te he hecho daño. Lo siento, lo siento.

Ella negó con la cabeza para no decirle que el placer la había abrumado, que el amor que sentía por él la partía por la mitad.

Lucas la llevó a la cama y se tumbó a su lado, acariciando sus rizos.

—¿Quieres que me vaya?

Tory negó con la cabeza de nuevo y lo miró con ojos tristes, incapaz de expresar sus verdaderos sentimientos.

Quería que él la amase.

Y lo hizo. Después de unos minutos, empezaron a tocarse de nuevo y Lucas la amó como solo él podía hacerlo. Aquella vez lentamente, quitándose la ropa para sentir el cuerpo desnudo de Tory bajo el suyo, aprendiendo cada línea de su cuerpo, saboreando los lugares más íntimos hasta que el placer fue un suspiro ahogado que los dejó demasiado agotados como para hablar.

Sí, la había amado. Aunque solo fuera con su cuerpo.

Se despertaron con el sol para volver a hacer el amor de nuevo y quedarse después abrazados. Así fueron descubiertos.

Por Alex.

Tory oyó el sonido de una puerta y pensó que era su imaginación. Pero unos segundos después, los dos oyeron unos golpecitos en la puerta del dormitorio.

–Tory, ¿has vuelto? –la llamó Alex.

No los pilló en el acto, pero casi. Tory había conseguido cubrirse con la sábana. Lucas simplemente se apoyó en el cabecero, completamente desnudo.

Alex se quedó pasmado, boquiabierto.

–Ah, perdón –dijo por fin–. Voy a hacer café.

Lucas tuvo que contener una carcajada, pero Tory estaba avergonzada. No quería que todo el mundo supiera que se acostaba con Lucas Ryecart.

–Se lo ha tomado muy bien, ¿no crees?

–Yo... sí.

–Aunque quizá haya ido a buscar una escopeta.

–Creo que tú lo sabes –dijo Tory.

–¿Saber qué?

–Que Alex estaba en Edimburgo, intentando reconciliarse con su mujer.

–Tú también lo sabías... y te daba igual, ¿no? Eso solo puede significar dos cosas, que habías terminado con él. O que nunca ha habido nada.

–Lo último –suspiró Tory–. Estaba arruinado y solo,

así que lo acepté en mi casa hasta que encontrase otro sitio.

–¿Como un perro abandonado?

–Eso es. Aunque un perro no dejaría los calzoncillos encima del sofá.

–¿Ha encontrado otro sitio donde vivir? –preguntó Lucas entonces.

–No. Y ahora no puedo echarlo –suspiró ella, exasperada–. Seguro que esperará algo a cambio.

–¿A cambio de qué?

–De no contar que nos ha visto juntos en la cama.

–¿Tenemos que mantenerlo en secreto? –preguntó Lucas.

–Sí, claro. No puedo trabajar en Eastwich si todo el mundo sabe que tú y yo... –Tory empezó a buscar la palabra adecuada.

–¿Que tú y yo qué? –la urgió él–. ¿Que estamos viviendo juntos?

–No estamos viviendo juntos.

–Pero podríamos hacerlo.

Tory lo miró, sorprendida. Se lo había pedido antes, pero solo para que no volviera a ver a Alex. En aquel momento, ya no era necesario.

–¿Por qué?

–¿Y por qué no? –sonrió él, tomándola por la barbilla–. He comprado un apartamento. Podrías conservar este y realquilárselo a Alex, pero tendrás que llamar al Departamento de Sanidad cuando se marche.

–No sé.

Tory quería vivir con Lucas, pero era un paso muy importante. Ella nunca había vivido con un hombre, ni siquiera con Charlie.

Lucas la tomó en sus brazos.

–Yo soy un chico muy limpio. Siempre le pongo el tapón a la pasta de dientes y cierro la tapa del inodoro.

No era una proposición muy romántica, pero Tory asintió.

–De acuerdo.

¿Cómo podía decirle que no? ¿Cómo iba a decir que no a lo que más deseaba en el mundo?

–Vístete, yo voy a hablar con Alex –anunció Lucas, vistiéndose a toda prisa.

Cuando Tory salió del dormitorio, un poco avergonzada, los encontró desayunando cerveza y patatas fritas. Estaban charlando como si fueran viejos amigos.

Hombres...

Tory no lo creía. Y seguía sin creerlo cuatro días más tarde, cuando se fue a vivir al elegante apartamento de Lucas, un antiguo almacén cerca del río.

Durante algún tiempo, le siguió pareciendo irreal. Comían juntos, dormían juntos y después cada uno se iba en su propio coche a la oficina.

Fue más fácil de lo que Tory había imaginado porque Alex fue muy discreto. Y después, misteriosamente, le ofrecieron un puesto en la BBC escocesa. Tory se sentía encantada trabajando en el documental, cuyo material había aumentando entrevistando a varios de los participantes, incluyendo a Amanda, que había dejado su puesto en la revista para dedicarse a un sueño largamente acariciado: escribir una novela.

Simon y ella seguían trabajando juntos, pero él estaba fascinado con su documental sobre la vida de un miembro del Parlamento y, después de la marcha de Alex, se había convertido en un obseso del trabajo, sin apenas tiempo para dedicarse a investigar la vida privada de Tory.

Y esa vida era muy diferente de la que había vivido antes.

En casa, Lucas y ella se reían mucho y hablaban sin parar, deseando conocerlo todo el uno al otro: sueños, pensamientos, esperanzas, miedos y fracasos. Pronto supo a qué eran debidas sus pesadillas, a los años que pasó como reportero, a las bombas, a los asesinatos, a las balas. Ella le contó historias de su infancia, un horror cotidiano de abandonos maternales seguidos de reconciliaciones, buenos tiempos con algunos de los novios de su madre, malos tiempos con otros.

Iban juntos a la compra. Él cocinaba y ella comía. Él arreglaba cosas y ella decoraba el apartamento. Una mujer iba a limpiar por las mañanas. Salían alguna vez, pero casi siempre se quedaban en casa. Hacían el amor muy a menudo.

Poco a poco, aquello se convirtió en su vida. Tory dejó de analizarla y simplemente vivió, disfrutando cada día.

Y fue feliz, increíble, asombrosamente feliz durante cuatro maravillosos meses, hasta que un día todo cambió.

Lucas notó que estaba distraída, pero no sabía si quería descubrir la causa. Solo sabía que la había hecho feliz durante aquellos meses y que, de repente, no lo era. Seguían haciendo el amor y seguían quedándose dormidos uno en brazos del otro. Pero un día ella empezó a parecer evasiva, extraña y, como un cobarde, él no le preguntó por qué.

Pasó una semana antes de que Tory decidiera hablar con él.

—Hay algo que debes saber —le anunció una noche.

—Te escucho —dijo Lucas, con un nudo en la garganta.

Tory había ensayado las palabras durante todo el día, pero pronunciarlas era diferente.

—Cuando era niña tuve leucemia. Tenía diez años y me trataron con quimioterapia y radioterapia.

—¿Qué estás diciendo, Tory? ¿El cáncer ha vuelto? —preguntó Lucas, pálido.

—No. No es eso. Estoy completamente curada. Perdona, lo estoy contando fatal... ¿Recuerdas aquel día, delante de la casa de Charlie y Caro, cuando te dije que no quería tener niños?

—Sí —contestó él.

—Pues... es que el tratamiento de quimioterapia y radioterapia tiene un efecto secundario. Causa infertilidad.

Lucas la miró, muy serio.

–Yo pensé que no tener hijos era decisión tuya.

–Probablemente, di esa impresión –admitió ella–. Pero en ese momento, no me sentí obligada a entrar en detalles.

–¿Y desde entonces? –preguntó él.

–Tenía miedo de que me dejaras, Lucas.

–¿Porque no podías tener hijos? ¿Cómo pudiste pensar eso?

–Charlie Wainwright me dejó por eso –explicó ella, en su defensa.

–¿Por eso rompisteis el compromiso?

–Sí.

–Supongo que a él tampoco se lo dijiste hasta el final.

–Supones bien.

–¿Por qué no se lo dijiste antes de prometeros, Tory?

–Estábamos en Nueva York, en casa de sus padres. Era una fiesta de Fin de Año y estábamos rodeados de gente. Él me propuso matrimonio y yo fui incapaz de rechazarlo.

–No querías avergonzarlo delante de todo el mundo –dijo él entonces, porque la conocía bien.

–Sí. Pero también era porque me gustaba la idea de tener una familia. Hasta ese momento, los padres de Charlie me trataban muy bien. Y sus tíos, sus primos... No sé, era como formar parte de una saga. ¿Entiendes lo que quiero decir?

–Claro que sí. Yo formé parte de esa familia durante cuatro años –contestó Lucas.

–Sí, claro, es verdad –Tory había olvidado momentáneamente que había estado casado con la hermana de Charlie.

–Yo también me sentí seducido. Pero los Wainwright son una familia agobiante y muy dependientes los unos de los otros –dijo él entonces. Tory lo miró, sorprendida–. Cuando me casé con Jessica, yo ganaba un modesto salario como reportero, pero ella no quería conformarse con eso. Y no veía por qué debía hacerlo cuando sus padres querían aportar dinero y no digamos mi padrastro... Llámalo orgullo masculino, pero yo no quería dinero de nadie.

Como todos los matrimonios, el suyo con Jessica no había sido perfecto. Eso era algo que Tory desconocía.

–Te entiendo.

Lucas sonrió entonces con tristeza.

–Ironías de la vida. Al final, conseguí hacerme rico, pero en aquel momento el dinero era nuestra gran fuente de conflictos.

–Pero, ¿erais felices?

–Supongo que sí. Pero no era como contigo. Estoy enamorado de ti. ¿Lo sabes, Tory?

Era la primera vez que decía aquello. Otra de las ironías de la vida. Una semana antes, Tory se habría puesto a llorar de emoción.

–No digas eso. No lo digas hasta que haya terminado de contar lo que quería contarte.

–Creí que lo habías hecho. No puedes tener hijos, ya lo sé. Y no me importa.

No era eso lo que Tory quería escuchar.

–Me dijeron que no podía tenerlos...

–Lo sé –la interrumpió Lucas.

–Deja que te explique. Charlie y yo nos prometimos y unos días más tarde se lo conté. A Charlie sí le importaba. De él dependía el apellido Wainwright, así que le dije que podíamos romper el compromiso.

Lucas vio en sus ojos los dolorosos recuerdos y tomó su mano para consolarla.

–Me alegro de que lo hicieras. ¿Quién necesita niños?

Esa frase fue como un cuchillo en el corazón de Tory. No había terminado su historia, pero ya no tenía sentido hacerlo. Era absurdo.

–Lucas, yo...

–Ya no tenemos ese problema, ¿no? –sonrió él, acariciando su cara.

La ternura del gesto hizo que Tory tuviera que contener las lágrimas. Pero él tenía razón. No tenían un problema. Lo tenía ella. El problema era suyo.

–No –dijo por fin.

–Podemos seguir como hasta ahora.

Tory se sintió enferma de repente.

–Perdona –dijo, levantándose–. Tengo que...

Salió corriendo por el pasillo y no se molestó en cerrar la puerta del baño. Llegar a tiempo al inodoro era lo único que importaba.

Cuando Lucas llegó a su lado, estaba lavándose la boca en el lavabo.

–Es la primera vez que causo ese efecto en una mujer –dijo él, intentando bromear.

–No eres tú –dijo Tory, incorporándose. Pero se sintió mareada.

Lucas se dio cuenta y la ayudó a sentarse en una silla.

–Solo la idea de seguir viviendo conmigo, ¿no?

–Te quiero, Lucas –admitió ella–. Pero me siento atrapada.

–Estás mintiendo. Cuando se ama a alguien, uno no se siente atrapado.

Había una nota de amargura en su voz que Tory no había escuchado antes. Quizá se lo mereciera, pero en su estado no podía discutir.

Sus ojos se llenaron de lágrimas y las dejó rodar por su cara.

–Por favor, no llores. Toma –dijo Lucas, dándole un pañuelo de papel. No era la primera vez que lloraba aquella semana. Ni la primera vez que vomitaba–. Dime que no me quieres, Tory. Y si es así, haré la maleta, nos daremos la mano y me marcharé.

–No te...

No podía decirlo. Por mucho que quisiera, no podía decirlo.

Y él debía ver la verdad en sus ojos. Lo adoraba. Estaba enamorada, desesperadamente enamorada de aquel hombre.

–Tory...

–Por favor, no...

Lucas no entendía nada, pero la abrazó y la acunó entre sus brazos hasta que dejó de llorar.

Tory no podía dejarlo. Ni aquel día, ni al día siguiente. Más tarde, cuando se le notara, cuando ya no pudiera disimular.

Cuando estuvo un poco más tranquila, buscó su boca. Él le devolvió el beso y la llevó a la cama. Quería olvidarse de todo y encontró la felicidad durante unos preciosos momentos.

Después se quedaron mirándose el uno al otro.

–Quédate conmigo, Tory. Dame otra oportunidad...

Ella le tapó la boca con la mano. Y, por fin, decidió contarle la verdad.

–Estoy embarazada.

En el rostro del hombre vio emociones encontradas: conmoción, incredulidad, furia.

–Dilo otra vez.

–Estoy embarazada.

–No puede ser.

Media hora antes le había dicho que no podía tener hijos. No podía ser.

–Sé que no puede ser, pero estoy embarazada.

Se había enterado aquella semana, aunque su cuerpo mostraba signos de embarazo desde hacía dos meses.

–¿Cómo es posible?

–Los médicos se equivocaron o quizá era una oportunidad entre un millón y yo he tenido suerte.

–¿Suerte?

–Sí. Durante toda mi vida he pensado que no podía tener hijos y ahora...

–¿Vas a tenerlo? –preguntó él entonces.

–Por supuesto. No lo había planeado, pero ha ocurrido y voy a tenerlo. Esa es la razón por la que me marcho. No espero que tú cargues con el niño, Lucas.

Una vez habían hablado brevemente sobre métodos

anticonceptivos. Él se ofreció a ponerse un preservativo y Tory le dijo que no era necesario. Un error. Para él.

—No es mío, ¿verdad?

Tory no había anticipado tal pregunta. ¿De verdad pensaba que le había sido infiel? ¿Cuándo? ¿Cómo?

—Si eso es lo que quieres pensar...

—¡Claro que no! —exclamó él, furioso.

Pero Tory se sentía demasiado frágil como para discutir y se levantó de la cama para buscar su ropa.

Él se levantó también, pero no intentó cubrir su desnudez. De hecho, tomó la camiseta que ella iba a ponerse y la tiró al suelo. Después, clavó los ojos en la curva de su vientre.

Tory sintió un escalofrío al sentir la mano del hombre sobre el lugar donde crecía su hijo.

—Lucas...

—Es mío ahora —dijo él, acariciándola.

—No te entiendo.

—Tú eres mía, así que el niño es mío. Así de simple. Como yo soy tuyo. Lo que haya pasado antes de estar juntos, no tiene importancia.

Tory entendió por fin. Pensaba que estaba embarazada cuando se fue a vivir con él.

—Te quiero mucho, Lucas. Pero no va a funcionar. Tú mismo lo has dicho antes: «¿Quién necesita niños?»

—¿Qué esperabas? La mujer con la que quiero casarme me dice que no puede tener hijos y yo... ¿qué querías que dijera, Tory?

—¿Casarnos? —repitió ella entonces.

—Cuanto antes mejor, ¿no te parece?

Tory seguía mirándolo, incrédula.

—¿No es demasiado convencional?

—En estos días lo convencional es dejar a una chica embarazada y salir corriendo. Asumo que eso es lo que él ha hecho.

—¿Quién?

—Quien sea.

Tory no podía estar enfadada con él. Lucas quería criar a un hijo que no creía suyo y la amaba, estaba segura de ello.

—Mi último amante era un periodista deportivo de la ITV.

—No quiero saberlo.

—Pues te aguantas. Tuvimos un romance que terminó durante la copa del mundo de fútbol.

—Pero eso fue hace dos años —dijo él, sin entender.

—Sí. Y estoy embarazada de tres meses.

Lucas pareció confuso, pero Tory decidió no explicar nada más. Ya lo entendería, pensó, tomando su ropa del suelo.

Lucas también empezó a vestirse, pero lo hacía como un autómata.

—Es mi hijo —dijo por fin.

Tory sonrió. Era tan feliz... ¡Le había pedido que se casara con ella! ¡Se lo había pedido pensando que iba a tener el hijo de otro hombre! ¿Qué más prueba de amor necesitaba?

—¿Por qué me has dejado creer que no era mío?

—Yo te he dicho que estaba embarazada y tú has asumido inmediatamente que no era tuyo. Tú sabrás por qué. Tengo hambre, por cierto.

Lucas parecía a punto de estallar, pero Tory fue a la cocina prácticamente dando saltitos. Durante toda la semana, se había preguntado cuál sería su reacción y no había esperado nada como aquello. Y, desde luego, no había esperado que quisiera casarse con ella pensando que el hijo era de otro hombre.

—¿Por qué no me lo has dicho antes? —preguntó él, siguiéndola—. Tú lo supiste hace unos días, ¿no?

—Pensé que... pensé que tú creerías que había sido algo deliberado. Que me había quedado embarazada para atraparte. De verdad pensaba que era imposible quedarme embarazada, Lucas.

Él asintió, aceptando su palabra.

–La verdad es que los niños también eran parte de mi plan.

–¿Qué plan?

–El primer año, viviríamos juntos. El segundo, te convencería para que te casaras conmigo. El tercero, consolidaríamos nuestro amor y el cuarto año tendríamos un hijo. Cuando tú cumplieras los treinta.

–Pues entonces, lo he estropeado todo –rio ella.

–En fin, las cosas van un poco más rápidamente de lo que yo esperaba, pero... –se encogió Lucas de hombros. Después, la tomó entre sus brazos–. Y como el dinero no es un problema, puedes decidir si quieres seguir trabajando, contratar a una buena niñera o trabajar medio día, ya que el jefe y tú sois tan amigos.

–¿Somos amigos?

–Mucho.

–¿De verdad? ¿De verdad te hace ilusión tener un niño, Lucas?

–Claro que sí. Y la verdad es que, si espero mucho más, seré demasiado viejo para jugar al fútbol con mi hijo.

–Podría ser una niña.

–Eso da igual. También jugará al fútbol –sonrió Lucas.

Tory solo tenía que mirar sus ojos para darse cuenta de que la idea lo hacía feliz.

–Gracias.

–¿Por qué?

–Por hacer que todo sea maravilloso –murmuró ella, que aún no podía creer su suerte.

–¿Maravilloso? ¡Prodigioso diría yo!

Y Tory por fin creyó que la vida de felicidad que se abría ante ella era real. La vida de felicidad junto a aquel hombre.

Acepte 2 de nuestras mejores novelas de amor GRATIS

¡Y reciba un regalo sorpresa!

Oferta especial de tiempo limitado

Rellene el cupón y envíelo a
Harlequin Reader Service®
3010 Walden Ave.
P.O. Box 1867
Buffalo, N.Y. 14240-1867

¡Si! Por favor, envíenme 2 novelas de amor de Harlequin (1 Bianca® y 1 Deseo®) gratis, más el regalo sorpresa. Luego remítanme 4 novelas nuevas todos los meses, las cuales recibiré mucho antes de que aparezcan en librerías, y factúrenme al bajo precio de $2,99 cada una, más $0,25 por envío e impuesto de ventas, si corresponde*. Este es el precio total, y es un ahorro de más del 10% sobre el precio de portada. ¡Una oferta excelente! Entiendo que el hecho de aceptar estos libros y el regalo no me obliga en forma alguna a la compra de libros adicionales. Y también que puedo devolver cualquier envío y cancelar en cualquier momento. Aún si decido no comprar ningún otro libro de Harlequin, los 2 libros gratis y el regalo sorpresa son míos para siempre.

416 BPA CESL

Nombre y apellido (Por favor, letra de molde)

Dirección Apartamento No.

Ciudad Estado Zona postal

Esta oferta se limita a un pedido por hogar y no está disponible para los subscriptores actuales de Deseo® y Bianca®.
*Los términos y precios quedan sujetos a cambios sin aviso previo.
Impuestos de ventas aplican en N.Y.

SPB-198 ©1997 Harlequin Enterprises Limited

Bianca®...
la seducción y
fascinación del romance

No te pierdas las emociones que te
brindan los títulos de Harlequin® Bianca®.

¡Pídelos ya! Y recibe un descuento especial por la
orden de dos o más títulos.

HB#33547	UNA PAREJA DE TRES	$3.50 ☐
HB#33549	LA NOVIA DEL SÁBADO	$3.50 ☐
HB#33550	MENSAJE DE AMOR	$3.50 ☐
HB#33553	MÁS QUE AMANTE	$3.50 ☐
HB#33555	EN EL DÍA DE LOS ENAMORADOS	$3.50 ☐

(cantidades disponibles limitadas en algunos títulos)

CANTIDAD TOTAL	$ _____
DESCUENTO: 10% PARA 2 Ó MÁS TÍTULOS	$ _____
GASTOS DE CORREOS Y MANIPULACIÓN	$ _____
(1$ por 1 libro, 50 centavos por cada libro adicional)	
IMPUESTOS*	$ _____
TOTAL A PAGAR	$ _____

(Cheque o money order—rogamos no enviar dinero en efectivo)

Para hacer el pedido, rellene y envíe este impreso con su nombre, dirección
y zip code junto con un cheque o money order por el importe total arriba
mencionado, a nombre de Harlequin Bianca, 3010 Walden Avenue, P.O. Box
9077, Buffalo, NY 14269-9047.

Nombre: _____

Dirección: _____ Ciudad: _____

Estado: _____ Zip Code: _____

Nº de cuenta (si fuera necesario): _____

*Los residentes en Nueva York deben añadir los impuestos locales.

Harlequin Bianca®

En cuanto Nick Armstrong vio a Barbie Lamb supo que tenía que conseguirla. ¡Era la mujer más sexy que había visto en su vida! Había olvidado por completo a aquella adolescente enamoradiza a la que había rechazado hacía tantos años...

Barbie estaba a punto de obtener la más dulce de las venganzas consiguiendo que Nick la deseara de aquel modo, para luego rechazarlo como lo había hecho él. El problema era que Nick parecía no acordarse de ella y lo único que su deseo estaba provocando era reavivar lo que una vez había sentido por él. La pasión que había entre ellos se estaba haciendo cada vez más irresistible, pero, ¿qué pasaría cuando por fin se enfrentaran a su pasado?

Una venganza muy dulce

Emma Darcy

PÍDELO EN TU PUNTO DE VENTA

HARLEQUIN®

Deseo

AMOR
DESINTERESADO
Peggy Moreland

Penny Rawley no había cruzado todo el estado de
Texas para permitir que Erik Thompson, su atractivo
jefe, se aprovechara de su posición. Quizás fuera su
nueva secretaria, pero había llegado a aquella pode-
rosa empresa con una sola idea en mente: casarse con
el hombre al que siempre había amado, aunque él se
empeñara en no hacerle ningún caso, salvo para darle
órdenes a gritos. Pero eso iba a cambiar...

Erik no podía creer lo que veían sus ojos: aquella
sosa secretaria se había convertido en una mujer des-
pampanante. Deseaba seducirla y demostrarle quién
era el jefe... El problema era que no era eso lo que le
dictaba su hasta entonces imperturbable corazón.
Algo dentro de él lo impulsaba a hacer suya la encantadora inocencia de Penny.

PÍDELO EN TU PUNTO DE VENTA